低头种地，
抬头唱歌

岜农 著

GUANGXI NORMAL UNIVERSITY PRESS
广西师范大学出版社
·桂林·

图书在版编目（CIP）数据

低头种地，抬头唱歌 / 芑农著. —桂林：广西师范大学
出版社，2019.6
　（雅活书系）
　ISBN 978-7-5598-1738-9

　Ⅰ．①低… Ⅱ．①芑… Ⅲ．①中国文学－当代文学－
作品综合集 Ⅳ．①I217.2

　中国版本图书馆 CIP 数据核字（2019）第 071882 号

广西师范大学出版社出版发行

（广西桂林市五里店路 9 号　邮政编码：541004）

网址：http://www.bbtpress.com

出版人：张艺兵

全国新华书店经销

广西广大印务有限责任公司印刷

（桂林市临桂区秧塘工业园西城大道北侧广西师范大学出版社

集团有限公司创意产业园内　邮政编码：541199）

开本：889 mm ×1 194 mm　1/32

印张：7.25　　　字数：135 千字

2019 年 6 月第 1 版　　2019 年 6 月第 1 次印刷

印数：0 001~5 000 册　定价：48.00 元

如发现印装质量问题，影响阅读，请与出版社发行部门联系调换。

序

每首歌都是生活中的自娱自乐或自问自答。诗和画，都是和歌一起寻找快乐源头的推理字句和图稿。诗与歌的种子早早就种在儿时放牛的山野里，四周的山水、林间的花鸟草虫、阿公的神奇故事和阿妈的歌谣等，都一直在照耀、滋养其生长。

今天，太阳晒熟这箩谷米，再得众乐者相帮，山农煮染成五色糯米饭，挑担游峒溪，歌飨有缘人。

邑农
2014年10月

目　录

第一辑　畓诗[①]

---

① 诗歌创作中的诸多事物，来源于小时候听到的壮族民间故事和山歌。语言形式源于壮族民间师公的口头文学《布洛陀经诗》。“畓”，古壮字，壮音naz，多指种植主粮水稻的水田。无水的土称“畲”，壮音reih，主要用来种杂粮。

第二辑　罟歌

壹　　飘云天空

一

贰　西部老爸

一

叁　　阿妹想做城里人

—

�诗

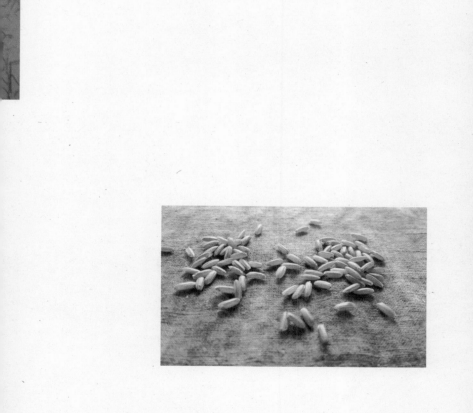

上古

老人家有讲

上古的时候

只有春和秋

人和动物同往来

人跟草木能通话

同生山野游时节

搭伙相帮乐天年

有时老虎背后痒

就请人拿爪耙抓

有时柚子结果多

腰杆要弯断

就请路人帮采摘

就请螺蠃帮啃落

树老枝叶残

请秋风来摇

摇落老病丫

请春风送暖

枝头冒新芽

反过来

有时下雨洪水涨

鸟帮忙夹草

鸟帮忙搭窝

人得树上坐

兽得树上躲

地开百花结百果

喂养人和物

有时兔子生过多

方圆坡岭吃光光

四周原野啃秃秃

就请狗来帮

就请豺来助

慢的就挨抓

懒的就挨吃

那时万物是兄妹

布洛^①米姆^②来造就

根性差不多

心思全通明

好玩的事自然有

高兴的事自然多

人跟动物草木做游戏

对方商量好

可换对方衣

人换鲤鱼水中游

鱼换猴子树上走

猴换鹞鹰天上飞

鹰换桃花岭上头

听讲布洛米姆造人时

用尿和泥撒下天

撒在水里成鱼虾

撒在泥地成草木

撒在石坡成野兽

---

① 布洛：即布洛陀，壮族传说中的创世祖。"布"为壮语"人"的音译；"洛"是壮语 "知晓"的意思，布洛就是全能通晓的人。

② 米姆：也称米六甲。"米"即"她"为"母"的意思。《布洛陀经诗》中与布洛陀共创 人间的神。

撒在岩洞成人类

撒在天空树枝上

就成百鸟飞

撒在白天成野狗

撒在晚上成野猫

撒在晴天成野鸡

撒在雨天成野鸭

撒在不同地方就成不同的模样

撒在不同时候就有不同的特长

万物不同这样来

万物不同又同根

上古的时候

不分贵和贱

各有各的样

共同合成方

人有一双手

牛有角一双

螃蟹两边走

树能长两头

上古的时候

不分高和低

各有各能耐

搭伙组成圆

大家有事来相帮

泥太硬就请白肚鼠来松泥

土太杂就请红蚯蚓来清场

搬石头木头就请水牯牛来拉

摘树顶的核桃就请猴

欢庆跳舞就请蝴蝶来领跳

连情唱歌就请画眉鸟带头

动物也请人帮忙

有时羊崽落山洞

就请人帮挖路口

有时鱼塘河水干

就借水车来排水

草木鸟兽也相帮

蜜蜂虫鸟传花粉

风吹种子到四方

动物鸟兽得吃果

种子还在屎里藏

屙在山那头

屙在河那边

果树到处长

到处有阴凉

稀奇

山连山成片
水推水成河
山从平地起
水在水中生
有一次
一对青年男女子
结对结成双
新禾编的凳
新竹架的床
美酒堆满屋
鲜花插满房
男子心欢无处表
男子珍惜此情长
想来又想去
想去找稀奇

送给他妻子

送给他娇娘

一

男子就沿山林溪水走

翻过九条沟

穿过九片林

看见地上奇石搬不动

看见树上异果摘就黄

低头继续走

来到第九滩

第九滩头见猴子

猴在捉虱子

正是闷得慌

要求和人做游戏

才肯放人过坳口

猴子最调皮

人只好答应

这时蚂蚁突然答话讲

今天好玩了

我来当证人

其实蚂蚁正想过水在发愁

刚好试看大家怎么办

蚂蚁接着讲

你们就比谁最会过水

猴子一听自己跳得比人高跳得比人远

立马就答应

人也没话讲

哑巴算同意

猴最灵

利索爬上溪边大南竹

南竹上边有葛藤

猴子跳起就抓稳

一摇一摆再一摇

跳到对岸溪水边

坐在对岸卵石上

猴子笑哈哈

蚂蚁眼巴巴

人倒也不慌

走到南竹下

掏出一块扁石刀

砍了几下南竹蔸

就往对岸轻轻推

高大南竹倒过去

唰啦啪嗒一座桥

人就大摇大摆走过去

人就轻轻松松走过来

猴子眼巴巴

蚂蚁笑哈哈

蚂蚁得借桥过河

猴子玩得也尽兴

送人一包山扁桃

送人过坳口

二

男子沿着山坳继续走

翻过三十六座山

穿过三十六片林

看见石上奇花摘就散

看见水边菌鹤①抓就没

叹气往前走

低头往前行

来到三十六个滩

---

① 菌鹤：传说中的宝物。

滩头碰见狼

狼在磨牙齿

狼正闷得慌

刚好见人来

要求和人做游戏

才肯放人过山头

狼性格最直

人只好答应

这时野猫突然答话讲

今天好玩了

我来当证人

其实野猫正想吃鱼在发愁

刚好试看大家怎么办

野猫接着讲

你们就比谁最会捉鱼

山狼一听自己牙齿比人尖爪子比人利

立马就答应

人也没话讲

抓头算同意

狼最快

立马扑到潭边下水口

鱼顺水口往下游

狼一拍得一条

狼一咬得一双

摆在岸边石板上

转眼十多条

山狼笑哈哈

野猫嘴吖吖①

人倒也不慌

手拿葛藤在编筐

编成一个长箩筐

安放最大出水口

跳到潭里游水玩

又打滚来又放屁

大鱼小虾跑不及

噼哩啪啦鱼满筐

山狼嘴吖吖

野猫笑哈哈

野猫得鱼吃个饱

山狼得玩也尽兴

送人一包短兔肉

送人过山头

---

① 吖：ā，张嘴；吖吖：张嘴着急的样子。

三

男子就顺山头往上走

翻过九十九道岭

穿过九十九片林

看见林中翠羽捉不住

看见水中明珠捞就没

埋头继续走

来到九十九个滩

九十九个滩头遇见虎

老虎和熊在下棋

虎拿白花生

熊拿黑板栗

狗熊下得慢

老虎急得胡子要扯断

刚好见人来

要求和人做游戏

才肯放人过岭端

老虎声音大

人只好答应

这时狗熊突然答话讲

今天好玩了

我来当证人

其实狗熊下棋在分心

想吃对面树洞的蜂蜜

正好试看大家怎么办

狗熊接着讲

你们就比谁最会取蜜

老虎一听自己巴掌比人大比人又有力

立马就答应

人也没话讲

搓手算同意

老虎凶

一跳爬上后面大樟树

不管三七二十一

巴掌伸进树洞里

一掏一掏再一挠

树洞飞出一团蜂

对准虎头就是锥

老虎叫嗷嗷

狗熊脚飘飘

人倒也不慌

掏出一把艾绒花

放在干木桩兜上

手拿木棍麻溜戳

先冒白烟后起火

点燃一根长火把

远远伸到树洞旁

熏得蜂仔眼泪流

烟得蜂王喊搬家

人就大摇大摆走过去

人就大块大块掏蜂蜜

老虎脚飘飘

狗熊叫嗷嗷

狗熊得吃蜂蜜笑得眼睛眯成线

老虎头次玩得够刺激

和人打老同①

送人过山岭

---

① 打老同：同年生人结拜做兄弟，也用来称呼友谊很深的朋友。

锦衣

刚走不多久

刚去不几远

天越来越近

天越来越低

伸手摸到天

头顶碰到天

钻进云气里

行在雾里边

突然眼前一开亮

一幅图画现眼前

一个仙境摆面前

看见湖泊比镜子

七条龙杠^①停上空

———————————

① 龙杠：彩虹。

七只龙头在吸水

把水吸到天那头

把水洒到天那方

平日只听老人讲

平日只是抬头望

今天竟然到这块

八方云集的地方

月亮带崽的地方

雷公造鼓的地方

天地连接的地方

男子轻移右脚向前走

男子忙抬左脚往前跟

湖边传来讲话声

像唱歌又像奏琴

男子躲着石头看

男子背着树丫看

一片白莲随风摆

一群仙女水边玩

飞到树上摘云朵

白云像茧抽出丝

天狗咬起线头跑

跑到南天边

跑到北天边

一会滚成团

一会脚撩散

一会又打滚

一会又跳弹

难怪天上云

铺天又盖地

成团又散去

丝线纺好了

分别放到大缸里

分别去舀水

舀七道龙杠的水

舀七种颜色的水

放在七个大缸里

染成七色的丝线

染成七光的彩线

一横一竖来交叉

织出天上火凤凰

织出水中蛟龙王

织出金身麒麟舞

织出银星捧皎月

男子看得眼睛都不眨

男子看得嘴巴开吖吖

突然树顶汪汪一声叫

一只天狗冲下来

男子吓一跳

男子得一慌

忙转身就跑

差不多挨咬

慌神一歪跌扑趴

荷包滚出东西来

狼送的短兔肉掉出来

天狗闻见肉香味

停下来就舔

趴下来就啃

男子才得躲

男子才得逃

跑过九十九个岭

跑出九十九道冲

男子回到家

两手也空空

说起山中事

妻子惊又怕

幸亏丈夫平安又无事

口夸丈夫勇敢又机灵

事情过后有三天

妻子不时问

天上稀奇物天上稀奇事

事情过后有七夜

妻子还打听

天上稀奇事天上稀奇物

故事越是讲

眼睛越发亮

样样都好奇

样样都联想

最想一件事

丝线染七彩

锦衣会发光

坐在门槛上也想

蹲在菜土边也思

七夜睡不着

九日饭不香

采棉花时想

搓苎麻时想

手中棉线无七彩

手中麻线不发光

织布时想

染布时想

身上棉衣无七彩

身上麻裙不发光

在前门哀声

在后门叹气

吃饭好比吃沙子

吃菜好比吃树皮

找斑鸠来唱歌

找大樟树来下药

百病治来有百草

此病得来药难医

郎中来了摆摆手

麽公①来了摇摇头

一天看比一天瘦

忘整衣妆忘梳头

男子最心痛

男子最心焦

什么都舍得

决定去冒险

决定去偷衣

---

① 麽公：民间会祭祀消灾做法事和通灵结合的巫医。

就跟九尾鸟讲

想借翅膀去天界

想借翅膀去偷衣

九尾鸟不同意

九尾鸟还犹豫

男子拿出猴送的扁桃

九尾鸟飞遍群山找不到

九尾鸟看见口水流

九尾鸟闻见等不及

立马就答应

借得翅膀就出发

当晚飞去当晚回

来到天界仙女湖

这时刚好天要黑

看见月亮从湖里出来

看见星星跟出来

星星是月亮的崽

等月亮星星出门后

等雷公关门睡觉后

偷走一件锦衣裳

偷回一件锦衣裳

锦衣在手上
妻子眼睛亮
妻子手变暖
妻子脸红光
妻子病全好

聪明是娇娘
连夜点油灯
照起锦衣做
依起锦衣纺
拿枸杞来染黄色
拿蓝靛染蓝色
拿枫叶染黑色
拿红花染红色
织出云和田
织出鱼和莲
织出花间蝴蝶成双对
织出松尾明月团团圆
织出一件七彩的衣裳
织出一件发光的衣裳
天亮前就做好
天亮前拿去还

男子回到家

门口挤满满

家里挤成堆

人和动物花草齐都来

有的踩扁鸭脚板

有的挤歪牛脑袋

算盘泡①刮落一地

李子丫爬断几林

来人为哪般

热闹为几何

来看天下七色衣

来看天下七彩衣

来看天下独有之锦衣

---

① 算盘泡：方言，伏地生植物，果实熟时为乌色，可食。

吵架

百花开来样样鲜

不论高岭溪谷边

大虫小虫来又去

各有世界各有天

起初人拿树皮叶子来遮身

后来米姆教搓麻

后来米姆教扯棉

先是绞在园杆①边

后来卷在竹筒上

请蜘蛛来教把线拉成网

请蚕虫来教把网织成布

人间从此有布衣

人间从此得保暖

---

① 园杆：栅栏。

布洛也来教

教人去水边坡脚找蓝靛草

拿石头来捶烂

拿瓦罐来煮

白布染成天蓝

白布染成湖蓝

染了蓝靛布耐久

染了蓝靛防蚊虫

染了蓝靛睡得香

自从锦衣出世间

世间人好奇

世间变热闹

人从独木桥那边来

人从大榕树那边来

人从斜峒那边来

人从溪谷那边来

过来看稀奇

过来看古怪

看得眼睛花

看得不想走

锦衣会发光

锦衣会发亮

一穿变天仙

穿在身上打歌圩过
唱歌男女口发呆
穿在身上打田边过
干活男女放下活
穿在身上打树林过
斑鸠锦鸡忘亮翅
穿在身上打河堤过
红脸鱼成群结队翻过坝
女人看见睡不着
男人看见睡不香
棉麻衣服丢河边
蓝靛衣服甩路旁

一时间
大家都想穿锦衣
大家都想织锦衣
翻山过来学
排队过来借
有人手脚笨
有人借不还
开始有人闹喳喳

开始有人大声吼

开始有人捞衣袖

开始有人拍巴掌

牵黄牛来抵

牵水牛来赔

牛见人这样

牛心也发痒

一天黄牛过桥头

看见水牛在河里洗凉

衣服挂在柳树上

黄牛跑去偷来试

黄牛跑去偷来穿

这时花母鸡大声喊崽

老虎下山了

这时黑母猪大声叫崽

老虎下山了

黄牛来不及脱衣服就跑

黄牛来不及换衣服就逃

水牛光咚咚

水牛急吼吼

找不见衣服

只见黄牛衣

下蛮^①将就穿

下蛮往下拢

所以到现在

黄牛皮是松垮垮

水牛皮是紧绑绑

人更是受气

人间乱了套

扛锄头去讲理

举扁担去出气

吵不过的就打

打不过的就抢

抢不过的就偷

摔破了土锅

打破了葫芦瓢瓜

砸碎了堂屋的瓦罐

砸碎了香火的瓦罐

祖先的灵没有地方住

先祖的灵跑到野外去

不在旁边保佑子孙

不在附近保佑族人

---

① 下蛮：方言，用蛮力。

38

才有猴子野猪来吃光包谷红薯

才有狼和老虎来吃光猪和鸡

才有男人摔死在悬崖

才有娃崽淹死在河湾

房屋开始砌墙

房屋开始造窗

房屋开始钉门闩

房屋开始围篱笆

人间乱了套

人间闹喳喳

造一百零八个山谷国

——七十二峒和三十六弄

布洛米姆造人时

布洛在高头

米姆在下面

布洛屙尿下来

天下涨起洪水

流进岩洞中

流进泥塘里

这样米姆才得和泥巴

这样米姆才得造万物

起先造出老大花草和树木

其次造出老二虫鸟和走兽

落尾造出老三是人类

布洛每天出门去觅食

早出又晚归

每次出门前

都把一颗心眼挂在家周围

有时挂在东屋的木棉树上

有时挂在西房的板栗树上

有时挂在南边鱼塘的桃子树上

有时挂在北面菜园的柚子树上

各个地方都看得见子孙

时时刻刻都照顾到子孙

布洛去得远爬得高走得快

久而久之只见影只见风

久而久之化成云气化成天

从此万物摸不到布洛的脸

从此万物摸不到布洛的手

因为万物就活在布洛高大的身体里

万物就活在布洛明亮的眼睛里

万物就活在布洛呼吸的嘴巴鼻孔里

米姆在家带娃崽

米姆躺下来就成大地

和天一样宽和天一样广

万物都在米姆的怀抱里

万物都在米姆的肚皮上

米姆的头发就是河流

米姆的乳房就是山丘

米姆的汗毛就是青苔矮草

布洛每天把果食放在天上的大鼎罐里煮

烧成一个红红的太阳在天上

子孙越来越多

万物还没睡醒布洛就起来引火

煮到晚上个个吃饱才熄火

食物的养炁和光一起传送给米姆

起初大家一起吃泥巴喝水

人晒太阳就饱

人吃泥巴就有力

人的手断了还会生

人老了换层皮又年青

子孙越来越多

米姆让老大花草树木帮照顾弟妹

样样都能喂养万物

处处都能喂养万物

过了不多久

老二说没嚼头

米姆就让老大帮忙

做成各种长短细嫩的叶草面条给老二

过了不多久

老三说不香甜

米姆就让老大帮忙

做成各种酸甜苦辣的果饼粑粑给老三

后来人和动物不吃泥

后来人和动物才挨饿

后来人和动物才老死

自从人间闹喳喳

从平地吵到山顶

从山顶争到山脚

从早饭吵到晚饭

从白天吵到夜晚

天上仙人睡不着

天上神仙挨吵醒

去找布洛陀

告给布洛听

布洛叫大子女树木去看

布洛叫大儿孙花草来劝

榕树就来问

指甲花就来讲

人间吵闹为几何

人间不安为哪般

讲到起因他骂你

讲到起因你骂他

讲到起因在灶边

讲到起因在干栏

讲到起因在门口

讲到起因十个手指数不完

讲到起因十张嘴巴讲不清

讲到起因在锦衣

榕树就来劝解

锦衣本美妙

七彩本一色

只因独个有

只因暗动心

妒气从此生

冤气在此起

指甲花就传达

来时米姆讲

把关在栏里的石榴红马放出去

把关在栏里两个圈的牛放出去

把蓝靛苗分给大家

把胶树苗分给大家

把黄花种子撒到坡上

把枫树叶也分给四方

在路口搭个花桥

在桥头搭个花龛

请水神来帮劝解

请花神来帮讲和

请冤气从这里出去

请冤气从这里转化

这样人就回到一起

这样人就回到一家

看到七彩衣裳同欣赏

看到石榴红马共骑玩

人不再怄气

人不再病恼

大口大口地吃饭

大碗大碗地喝汤

围火塘烤火

围三脚①谈笑

人间又和往常一个样

万物又和起初一个般

---

① 　三脚：火塘里用的一种炊具。

人听了不讲话

人听了不做声

心想树太呆

心想花太笨

没资格来劝

没资格来评

从背后拿宽口石斧来磨

从草堆扯尖嘴木叉来刨

刨火花上天

吓跑树木一大片

吓倒花草一帮蔌①

榕树退左脚往回走

指甲花退右脚往回走

回到大山里

回到溪水旁

人咧嘴巴笑

人扶篱笆笑

人最有计谋

人最是精明

---

① 一帮蔌：方言，众多、一群。

自己来主张

自己来打算

谋划要划分

盘算来划界

按衣服颜色来分

按脚毛长短来分

按肩膀颜色来分

按讲话音调来分

借河水来隔

借山岭来挡

这样就看不见冤家

这样就碰不着冤家

冤气就从胸膛出去

冤气就从喉咙出去

平地就赛马来分

坡岭就攀爬来分

溪谷唱山歌来分

洼垌①就射箭来分

人开始拍巴掌来分界

人开始挽袖子来分界

河以中线为界

---

① 洼垌：洼地及水田，这里泛指平地。

山以倒水为界①

短脚人住在南边

长毛人住在北边

大眼人住在西边

黑衣人住在东边

分界时冤气跑到眼睛里

分界时冤怪跑到鼻孔里

今天蚂蚁来告状

明天咧咧鸟来告密

有人过界来砍柴

有人过界来摘果

恨气又在胸口结成块

怨气又在喉咙结成条

胸口在赌气

喉咙在冒烟

走路也谋算

吃饭也计谋

几回踢到石头脚趾裂开

几回夹菜放鼻孔挨呛

眼睛开始跟往常不一样

---

① 山以倒水为界：地方用语，在山脊上倒水，分往两边流下处为界线。

鼻子开始跟起初不一样

看见外地人来气色就变

闻见他方烟火就紧张

跟天地连接的脉络堵塞

跟万物连接的脉络打结

人到河边挑水

看不见柳树点头问好

人到深山觅食

闻不到无花果的熟香

树木见人眼花

花果见人不灵

才留在原地不走

才留在原地不动

这样人好找

这样人得吃

从此老大树木花草才定根

人就这样遭殃

人就这样惹祸

冤气传到下一代

冤怪传到后一世

天下婆媳相骂不和

牛踏进墨米田

马跑进黄豆土

羊挤破绵竹篱笆

鸡抓烂茅草屋顶

人怪山分不均

人怪水分不匀

人继续划地界

人继续吵着分

造出布土布农布泰和布越

造出布寮布雅布曼和布班

造出了一百零八个山谷国

造成三十六个弄

造出七十二个峒

造王、土司和百姓

自从人间分了界

用山来挡

用水来隔

开始这样还太平

开始这样还安稳

过不了几久

后生过界来连歌挨骂

后生过界来弹琴挨赶

占河中间那块石头来钓鱼

堵上游的水不给下游灌田

过沟来摘蕨菜也结冤

过坳来摘葱子也结仇

牛吃到那边挨石头扳

猪拱到那边挨木棒捶

四面有人来反映

八方有人来报信

就派蛮人去守

就派贼人去布

这边扔石头

那边抛木叉

人间乱了套

大的来把小的杀

多的来把少的剐

人间乱纷纷

凹眼睛的弄场人挨赶进石林

话在喉咙的山谷人挨杀光

穿黑衣服的峒场女人挨抢光

断发的半坡人分得四方谷

纹身的山谷人分得十方峒

满坡满岭的尸体像砍倒的杉木

满坡满岭的尸体像刮了皮的杉木

绿头苍蝇嗡嗡飞过去

若嘎①哇哇飞过来

血水流满大地

臭气熏上天宫

———————
① 若嘎：乌鸦。

天上神仙坐不安

天上神仙吃不香

去找布洛陀

告给布洛听

布洛叫二子女动物去看

布洛叫二儿孙鸟虫来劝

老虎跟人打老同

先上前来讲交情

听讲人有个法宝叫计谋

老同今天特地来

想看计谋长多高

想看计谋几只脚

人笑眯眯倒茶来给老虎喝

人笑眯眯拿铧犁竖起来给老虎坐

让老虎在堂屋耐心等

人进房间不见回

犁头钻进老虎屁股眼

老虎扭来又扭去

老虎歪东又歪西

老虎等不及

老虎赶紧问

人间打斗为几何

人间不安为哪般

讲到起因他打你

讲到起因你打他

讲到起因在河边

讲到起因在山头

讲到起因在歌圩

讲到起因百个巴掌数不完

讲到起因百张嘴巴数不清

讲到起因在地界

纺花娘就来讲

山林本一家

只因独个有

只因暗动心

仇恨在这起

冤怪在此生

纺花娘就传达

来时米姆讲

把峒刀收回来砍柴

把木箭收回来做站①

把蛮人放回家跟父母团聚

---

① 站：支撑攀爬植物的杆。

把贼兵放回家跟妻儿团圆

请仇人聚在一起

请冤家聚在一起

天下同是布洛造

万物同是米姆生

在山脚搭个社王①

在路口立个亚公②

让十方的冤家共同来拜

让百国的百姓共同来敬

天下都是布洛的儿子

万物同是米姆的儿孙

天地同养十方

日月同照万物

请造出的冤孽从这里出去

请造出的冤怪在这里转化

这样人就回到一起

这样人就回到一家

看到红衣人不会怕

看到短脚人不去欺

一起去行歌

一起来弹琴

---

① 社王：土地公的称呼。

② 亚公：土地公的称呼。

走到哪里都是一家
走到哪里都开心
人间就和往常一样
万物就和起初一般

人听了皱鼻子
人听了鼓眼睛
心想老虎愚
心想虫鸟蠢
没资格来管
没资格来训
拿蛮弩来射上天
拿火炮来烧上天
动物吓跑一大半
虫鸟吓飞一大帮
老虎狗熊往回逃
蝴蝶鹧鸪飞断翅
回到森林里
回到梯田边

人咧嘴巴笑
人抱肚皮笑
人最有计谋

人最是聪明

自己来打算

自己来主张

商议要统管

谋划要统一

选能干的人来带头

选会讲的人来统领

造贼兵守边界

造蛮丁防四方

这样人不得乱来

这样牛不得乱闯

仇恨就会消灭

仇恨就会平息

冤怪就从胸膛出去

冤怪就从喉咙出去

人开始谋划

人开始挑选

强的来统领

猛的来带头

全部人要听安排

所有人要听指挥

壮的使唤弱的

大的带领小的

爱睡觉的人要早起种田

爱弹竹筒琴的人要练拳打仗

摘果时要多摘七篮来分给蛮兵

打鱼时要多打十条来分给强人

强蛮的时候冤怪跑到嘴巴里

强蛮的时候冤怪跑到耳朵来

东家讲假话

西家讲风凉话

说谎话来骗

编故事来哄

吃亏的人来告状

记仇的人来告密

有人种田跑去山上唱歌

有人练拳跑去河边玩耍

有人织布不够长

有人舂墙不够紧

恨气在胸口结成块

怨气在喉咙结成条

胸口在赌气

喉咙也赌气

走路也谋算

吃饭也计谋

几回走路撞到树干头起包

几回抽水烟呛进气管挨咳嗽

嘴巴开始跟往常不一样

耳朵开始跟起初不一样

跟天地连接的脉络气断

跟万物连接的脉络结块

人在门口吵架

人在坡上打架

打烂鸟窝和鸟蛋

踩扁竹骝①洞里的嫩崽

骗猫头鹰的夜眼来搞瞎

动物见人耳不灵

动物见人嘴不信

不敢和人做游戏

不敢和人共生活

才搬到野外深山住

才不跟人讲同一种话

见人来就怕

见人来就躲

人就这样遭殃

---

① 竹骝：竹鼠。

人就这样惹祸

冤气传到下一代

冤怪传到后一世

天下兄弟相斗结仇

人怪太散

人怪太分

人继续统领

人继续分配

造聪明人来统天下

造凶狠人来管山河

造贼兵来打仗

造蛮兵来管理

造平民来做工

造出王、土司和百姓

造好人和坏人

从前山不高

天与地相接

云和田相连

自从人间分出一百零八个山谷国

自从人间分出国王土司和百姓

小国并大国

大国分小国

强胜的为大王

聪明的为土司

大王坐在虎椅上

土司坐在熊凳上

都老坐在木凳上

峒长坐在草垛上

蛮兵贼兵站在地上

百姓蹲在地上

百姓蛮兵见了长老点头像春碓

长老见了土司弯腰像虾公

土司见了大王下跪像蚂蚱

百姓把鱼肉献给王

百姓把米酒献给王

从前都一样

种田来吃饭

种竹子乘凉

现在人人有安排

现在人人听指挥

种一溜田自己吃

种十溜供给部落

养一头猪自己吃

养十头献给部落

从前饿了才记得找食

现在一天到晚忙找食

王公希望百姓劳动越多越好

山谷强盛享福长久

百姓希望自己干活越少越好

有空唱歌有空玩耍

王公想挖山来造钢炮

百姓只想打把柴刀

王公想砍森林来造战船
百姓想留树林来捉鸟

王有无数财宝
王有无数妻妾
做王最享福
做百姓最苦
人人想当王
人人想做官
王年青时因为勇猛得当王
老了病了被人杀掉抢王当
土司年青时会讲会算得当土司
算错倒霉时被人杀掉抢土司当
王要造更多蛮兵来防
王要造更多族人来防
土官占更多的田土来防
土官占更多的财宝来防
王公越富百姓越穷
王兵越多百姓越苦
不过卯年有动乱
不过丑月有兵灾

从前样样都平常

现在样样都出错

不交猎物也结冤

不供儿女也结仇

走到哪都是王土

走到哪都是官田

把游手好闲的浮浪人拉到战场

把自作主张的蛮峒人关到牢场

山顶的王想吃掉平地的王

森林的王想吞并溪谷的王

享福的王让百姓砌高高的围墙

享福的土司要造多多的蛮兵

外面敌人进不来

里面百姓听安放

冤怪就从这时起

怨恨就从此地生

壮的来把老的杀

强的来把弱的剐

只懂唱歌的游农人挨杀光

只造炮竹的点耕人挨杀光

独居的布陇人挨杀光

围菜园的布土人挨杀光

放羊的布肥人挨杀光

打竹筒鼓的布诺人挨杀光

满坡满岭的尸体像砍断的杉木

满坡满岭的尸体像刮了皮的杉木

断流开采来争强

推山伐木来争强

把草木的家毁掉

把动物的家霸占

烧大地来争强

破天空来争强

尸体堆上坡顶

尸体堆上天界

利箭射到天庭

炮火炸断天桥

天上老君跑不及

天上仙姑躲不过

去找布洛陀

告给布洛听

布洛喊雷公来看

布洛派花婆①来讲

---

① 　花婆：壮族民间崇拜的神，主管姻缘和生育。

雷公是天宫前庭推磨的神

推一天磨子

人间就换一个春秋

万物老死后就到磨子这里轮回

春天的时候雷公轰隆隆地忙推磨

万物在磨子里像豆子一样磨成粉

硬的在一堆软的在一堆

重的在一层轻的在一层

干的成一坨湿的成一坨

久不久来打开磨子扫粉碎

天才裂开缝隙显起闪电

物又聚合又新生

花婆在天宫后院种花

万物死后回到花园里

花婆又将万物捞在一起种成花

时不时让七仙姑摘花去撒下世间

得到白花的就生男

得到红花的就生女

起初人最敬雷公花婆

西边天一开

几多①又复来

雷公开口讲

花婆开口问

人间打斗为几何

人间不安为哪般

讲到起因他害你

讲到起因你害他

讲到起因在天边

讲到起因在海角

讲到起因在胸口

讲到起因千个巴掌数不完

讲到起因千张嘴巴算不清

讲到起因在不平

雷公就来讲

命根本同平

只因独个享

只因暗动心

妒气在这起

冤孽在此生

花婆就传达

---

① 几多：方言惯用语，等同于"多少"。

来时米姆讲

把树林还给山坡

把山坡还给羊鹿

把清净还给河流

把河流还给鱼虾

把歌声还给画眉鸟

把舞蹈还给王螯①

把虎皮还给老虎

把熊掌还给山熊

把破碗用漆粘合

把山界用脚刨开

走到哪里都是布洛的子孙

走到哪里都是森林的姊妹

把心思还给混沌公公

把计谋还给通生婆婆②

请冤怪聚在一起

请王公聚在一起

迈左脚来到山顶

移右脚来看斜阳

让十方的冤家同眼看

让十方的王奴齐耳听

---

① 　王螯：方言，蜻蜓。
② 　通生婆婆：壮族民间崇拜的神。

天空是布洛的身体
大地是米姆的胸怀
天下同是布洛造
万物同是米姆生
万事万物同根源
万事万物同呼吸
请冤孽从这里出去
请冤怪从这里回家
这样人就有了真气
这样人就回到真心
看到花草树木能讲话
看到虫鱼鸟兽同玩耍
世间生万物
万物本相生
人走到哪里都一样
人来到哪里都开心
人间就和往常一个样
世间又和往常一个般

人听了捏胡子
人听了扁嘴巴
心想雷公鲁
心想花婆粗

没资格来劝

没资格来评

拿牛皮大鼓来敲

比打雷还响

拿钢铁弹药来炸

比闪电还花

气得雷公泡颈①涨

气得花婆飞上天

回到石磨旁

回到花园里

人捧肚子笑

人吖起嘴笑

人最有办法

人是万物灵

自己来主张

自己平天下

订条例来赏罚

订法规来平衡

违反山规的就挨罚

违反族规的就挨骂

---

① 泡颈：方言，脖子。

不公就此来调
不平就此来均
这样怨气就从胸膛出去
这样怨气就从喉咙出去

峒王开始动手
都老开始磨墨
请蚯蚓来画
请蚂蚁来写
请木匠从坡脚拉线弹墨到坡顶
请商人从南海提秤计量到北荒
开始还不错
开始还公平
峒王心情好
百姓得享福
过不了多久
王懒了土司惯了
王直接踩过线来
土司直接跨过线来
贼人刁人钻空子来
过了不多久
王忘了土司惯了
王自己磨油墨自己来画线

土司拿胖老婆换瘦老婆做秤砣

贼人刁人带崽带女钻空档

只有老实的百姓守规矩

只有本分的百姓挨惩罚

牵耕牛的男人含草来告状

大肚子的女人含草来申冤

断脚的老人含草来诉苦

贼人刁人把黑线说成白线

土官把十斤说成百斤

王自己乱了套王自己分不清

王公声音大

土司性格直

百姓讲话像蚊子

百姓诉苦像草根

埋怨时冤气在身体里下蛋

埋怨时冤怪在脑门里生根

人来回地受苦

人时时想逃

自造六指神

自造七歌神

人不再日落而息

人不再月圆行歌

人播种反季的东西

人造出古怪的东西

人造出了季节

人为河流架桥

造出十妖九怪

造出一郎神二照神

造出三祖神四位仙人

造出五代神六妖七怪

重新安排分配万物

所以推山平海时人就开心

所以驯服原野时人就得意

人的身体开始变化

人的根本开始变化

觉知万物的胞衣开始消失

感知天地的脐带开始霉烂

走在阳光下

感受不到布洛照应的温暖

躺在草地上

感受不到米姆供养的芬芳

人就这样遭殃

人就这样惹祸

冤气传到后一世

冤怪传到下一代

天下父子相争不亲

人人在四周挖坑设陷

人人在暗处安放铁猫①

走运时套到别人

背时时夹到自己

人怪法规不全

人怪鬼神无力

人一直在划

人一直在分

造出宝藏和贫瘠

造出中心和边缘

造出富贵和贫贱

造出有用和无用

造出邪恶与正道

造出三万六千条准则

造成八万四千条法规

造出好人和坏人

---

① 铁猫：捕猎用的夹子。

护稻

自从人间造出峒场山谷国

造出王公和百姓

造出好人和坏人

公讲公有理婆讲婆有理

交仇不断争战不休

人的经脉与天断

人的消息与地离

人间出现十妖九怪

人间出现贼父罕王

为了立于不败之地

争夺山河大地及万物

争夺天空宙宇及百姓

上天入地

开山伐林

良木断种

鸟兽绝本

人以好胜为乐

人以享乐为食

遗忘布洛米姆

人继续谋划

自立新天地

自造新鬼神

世间出现独眼狗

世间出现多脚马

世间出现双脸儿

造水造土又造火

造出太阳星星和月亮

一山还有一山高

镰刀割草也割脚

天上造出七个八个太阳

天上造出九个十个太阳

山火从东边烧来

洪水从北边涌来

刚发芽的树又死

刚长的尾巴又断

青蛙是雷公的儿子

是人类的表亲

在人类互相残杀快绝种的时候

布洛陀杵拐棍来找雷公

布洛在石磨边感叹

牛肉长在牛背上

手心手背都是肉

大竹筒的水倒进小竹筒就成小竹筒的水

希望能留下前人的种

希望能保住真人的根

于是雷公才派儿子青蛙下凡来

派到最后一个幸存的山寨在深山

青蛙先教山民特野①造弯弩

用十根绵竹做弓

用九根牛筋做弦

爬到坡梁上等

等太阳出来

射落九个

留一个在天上

天下才得救

苍生才得保

当时天下一边红通通

---

① 特野：传说中的人物。

当时天下一边黑麻麻

红衣黑衣两边在决战

连战百日死伤无数是打平

后来山寨被发现

两边都来抢人抢物去参战

青蛙就脱下皮衣给山民穿

穿上青蛙衣服的山民

一下跳到半空中

个个身手变不凡

这样才得保村寨

这样才得保家园

红衣黑衣人联合来搞鬼

红衣黑衣人放假话来骗

纯朴的洗衣姑娘无分辨

纯朴的洗衣姑娘信为真

烧开水来洗战士衣

滚开水来泡青蛙皮

烫得皮衣起泡泡

泡得战衣起疙瘩

穿在身上无作用

穿在身上无能力

最后村庄被攻破

男人倒地成芭芒

女人泪化秧姑鸟^①

最后天真要回空

青蛙痛失天真人

眼看山雨没青山

幸得遗化天真气

收进葫芦当宝藏

四方战火连绵烧不断

八方灾难哭声嚎不完

一心寻得安稳地

青蛙上路把宝藏

他日人间复平定

始还真心返人间

青蛙最先想到是敢卡^②

走了七天又七夜

路过燃烧的村寨和垌田

来到岜赤山^③前

找到敢卡神

青蛙迈开左脚向前说明来意

---

① 秧姑鸟：布谷鸟。

② 敢卡：壮族女神，意为"大腿下的岩洞"，即女性生殖器。传说壮族的创世女神，因看
  到牛羊没地方躲雨，蹲在地上，阴部就变成一个大岩洞，给牛羊进去躲雨。另外有传说
  造物祖布洛陀也是从岩洞走出世间的。

③ 岜赤山：壮族传说中跟天连接的高山，民间每个地方最高的山都可祭拜为岜赤山。

青蛙弯下右脚表示请求

敢卡抖抖肩膀松动的碎石泥土说

以前万物最敬我

树木花草在我怀里生在我怀里长

动物和人来这里觅食

万物都感激我敬爱我

可是现在不一样

看我肩膀的骨头都露了出来

看我的身体都是空荡荡

人扒走我表皮的草木

人挖走我体内的材料

我的身体就要病垮

我自身都难保

实在帮不了你看护真心宝

实在是无能力

青蛙听得伤心抹眼泪

只能继续去寻找

又走了七天七夜

穿过燃烧的荒坡和河塘

来到大海边

找到水神龙王公

青蛙迈开左脚向前说明来意

青蛙弯下右脚表示请求

水神有气无力地翻动波浪巴掌说

以往大家都敬爱我

所有的鱼虾都在我怀里生在我怀里长

动物和人来这里觅食

万物都感激我敬爱我

可是现在不一样

现在我的身体里都是垃圾

我体内装满毒素

水草都烂了

鱼虾都死了

你闻闻我的身体都在发臭

我已经病得不轻

实在帮不了你看护真心宝

实在是无能力

青蛙听得伤心得哭出声来

只能继续去寻找

又走了七天七夜

经过燃烧的森林和雪山

来到悬崖边

找到了原始鸟光祖神

青蛙迈开左脚向前说明来意

青蛙弯下右脚表示请求

原始鸟拍拍冒烟的翅膀一边咳嗽说

以往大家都敬爱我

我一拍翅膀直上九重天

一挥翅膀盘定天上十载不落地

春秋季节变换都是我先给大家报信

万物迁移寻水都是我帮指引

但这是以前的事了

现在天空中飞满炮火和弹药

白云变成浓烟滚滚

蓝天变成乌烟瘴气

即使飞到天边天顶也不得安身

我也是泥菩萨过河自身难保

实在帮不了你看护真心宝

实在是无能力

青蛙听完伤心地坐在一棵大枫树下

哭累了就睡睡醒了又哭

不知过了几天几夜

枫树上飞来一只大若嘎

问青蛙为何伤心哭泣

青蛙说明缘由

若嘎听完竟然哇哇地笑

若嘎听完竟然呱呱地笑
笑完才说这问题不难这问题简单
自己就晓得
自己就知晓
天下地上哪里最安全
青蛙一抹鼻涕眼泪忙追问
告诉你不难
但有一条件
我要雷公给你的法宝
我要雷公给你的天琴
那把能和上天感应的天琴
这时天变黑
这时地旋风
天琴是用来联络天上下雨或天晴
给了天琴青蛙难和天联系
给了天琴青蛙天上不能回
最后为了人类真心宝
青蛙才答应
若嘎这才高兴地讲

世界再乱再糟糕
地上的老虎豹子狼蛇都死了
可是老鼠还会活

天上的雄鹰大雕烈鸟都死了

可是麻雀还会在

你没听说天上麻雀地上老耗吗

他们身小体又臭

肉不多又脏

对人没有大用

没招人捕杀

他们不选嘴不挑住在哪都能活

一年生崽几大窝

禽兽都找不到吃的了

鼠类还能吃烂根烂泥

禽兽都找不到藏的了

麻雀还能住破枝破瓦

所以要想躲过大灾难

非请老鼠和麻雀

青蛙听了很怀疑

青蛙听了不大信

想了一下也有理

想了一下才答应

就从嘴里拿出天琴给若嘎

从此若嘎才懂得天机

哪里快死人他先去

哪里快生人他先叫

等吃肉等吃斋

青蛙来到田边茅草丛
找到了山鼠
青蛙来到坡边火麻林
找到了麻雀
跟山鼠麻雀说明来意
山鼠和麻雀听完就说
这事你算找对行
这事你算找对路
我们找东西最快
我们藏东西最行
把宝藏在芭芒谷中
把宝藏在地道洞里
鬼也不晓得
妖也闻不到
但是也要有一个条件
人类后世耕种的粮食
我们都有份
青蛙想想只要真心得保全
于是就答应
这样山鼠麻雀就动手
找来芭芒谷

找来牛口谷

麻雀嘴巴尖

啄开谷壳把真心放进去

以后就成了粘谷

山鼠牙齿利

咬裂谷壳把真心放进去

以后就成了糯谷

装好后麻雀把粘谷夹到高处去藏

装好后山鼠把糯谷含到地洞去藏

老鼠的洞在土地下四通八达

涨水时可以连通到高坡

猎狗刨洞时就躲到主家房脚

谷种就这样安全地布满上下

真心就这样顺利地存放八方

后记

上古的时候

只有春和秋

自从人同自然的经脉断离

人和物排外

人和人相对

分出贵人和克星

分出吉利和凶煞

人有了贪心和厌恨

人有了巴结和担忧

人有了得意和失落

世间忽冷又忽热

世间极冷又极热

世间多出酷夏和寒冬

一年才成四季来打转

上古的时候

内外是一致

表里是一同

自从衣裳分七彩

分别高矮

分别美丑

人学会眯眼笑

人学会翻白眼

世间有虚情

世间有谎骗

世间真相乱了套

绿色宝鞍装在骡背上

白银凤冠套在马嘴上

人的长相也乱套

心地和美的人有时长得难看

心地作怪的人有时长得漂亮

世间真相乱了套

说到人间战火烧到头

山林田垌无所留

剩下的成王又像寇

找不到山林果实填肚皮

找不到清泉鱼虾打肚饿

靠吃草根过冬

靠啃泥巴过日

娃崽吃了长不高

妇女吃了脸不白嫩

男子吃了没有力

眼看到立春

田垌不见草发芽

井底不见泉水冒

王埋头在田边像猫头鹰

王跽在沟边像虾公

女人站在后面瘦得像细腰蚂蚁

女人在后面抱崽哭

咧咧鸟在旁边唱

走错路可以回头

做错事一辈子害羞

一唱唱不停

百姓听到也哭

百姓听到也唱

唱到三月三那天

雷公听动了心才来推磨天下雨

风神听动了情才来吹过败土三十六遍

吹过败岗八十一回

最先长出是秧苗

老鼠山雀藏的种

老鼠山雀埋的宝

清泉才从沙土里冒出来

谷子才从裂缝里长出来

藏在黄泥下的成黄米

藏在红泥下的成红米

藏在岩壁被战火漂得成了紫米

王跑到田垌

百姓跑上梯田

黎民跑到井边

一个个用手抓谷米吃

一帮帮用手搓谷米吃

一群群用手捧水喝

王和所有族人都吃遍

王和所有百姓都喝饱

人间这才有笑声

人间这才有笑语

土里长出竹蔗

地里长出包谷

才有红糖吃

才有甜酒喝

人间这才唱欢歌

人间这才敲铜锣

过了三年整

过了五年整

田垌才长满草

坡岭才长成林

野兽才藏在刺蓬里

芝麻剑^①才在石板底下蛋

后人才得活命

后人才得繁衍

自从青蛙没了天琴

靠嘴巴来跟天报信

靠唱歌来跟天报信

与天联络常失灵

后来道公才来喃唱祈雨

后来麽公才来造铜鼓报信

敲雨落又敲雨停

青蛙回不了天上

就一直守在水稻旁

春天唱歌喊谷种醒芽

夏天管好虫子莫贪吃秧苗

照看稻谷成熟

---

① 芝麻剑：学名斑鳠，极其珍贵的淡水鱼，广西特产，喜欢生活在小河里的石头下。

守护真心得长

后人有了米救命
后人有了五谷生
可惜后人已无根
冤怪附在嘴巴边
冤怪附在脑门前
冤怪附在喉头和脊梁
传到下一世
传到下一代
唱师才把青蛙请到铜鼓上
麽公才把光芒刻在铜鼓上
诗歌能感化嘴巴边的怨怪
鼓声能溶化肩膀上的怨怪
真心藏在稻谷里
真心传到五谷中
种田时才看到太阳雨水在帮
种田时才懂青蛙虫子在忙
记起布洛和米姆
记起兄弟和姐妹
记起一家人
后人总是想东又想西
后人总是想鬼又想怪

身体在心思后面追

张嘴讲话就留冤

动手做事就造孽

嫌老谷种太粗

嫌青蛙太吵

拿簸箕大冤怪变的米来种

拿七舌老妖变的药来洒

真心老谷种要断代

青蛙要绝种

冤怪传到后一世

冤孽传到下一代

后人听不到自然的声音

感知不到布洛米姆的情

听不出万物的脚步声

看不懂落雨天晴

直到今天

直到现在

人的篱笆歪歪踹踹

人的篱笆需要立站来撑平

青蛙还守在稻田四周

真心还藏在传代的五谷里头

喂养这一代

喂养后人身
唤醒懂事的人
唤醒知恩的人

郿歌

2006年从桂林辗转南宁、广州，投奔在广州的老乡——流浪歌手夜郎。为了体验一下花花世界，和索力到地铁里唱歌。其间整理了第一本歌曲集《飘云天空》。

2008年从广州回到黔桂交界的老家，因为离开过故乡所以再见时才把故乡看得新趣。从春耕到秋收后离开，刚好用歌曲为山乡描绘了一幅纪实画卷《没有名字的河》，现改为第二本歌曲集《西部老爸》。

2009年开始，三十而立，在城市和山乡之间来回跑。像在勾选一道选择题，估算、模仿、抓阄，蛮多年。弄了一些自得其乐的假设和记录，整理成第三本歌曲集《阿妹想做城里人》。

壹

飘 云 天 空

——

2006—2007年作品

唱支山歌等你来

哪颗螺蛳不粘泥

声音变了形

歌声和你在一块

Maengj ba lah

小乖乖

Rongh rib

鸟飞笼空着

抱个月亮

遥遥寄微入远方

岜山舞曲

飘云天空

01. 唱支山歌等你来

听音乐 扫一扫

唱支山歌等你来
唱得月亮爬上来
唱得画眉发了呆
唱得我的阿侬咧
耳根火辣辣

唱支山歌等你来
唱得稻花为你开
唱得晚霞追你看
唱得我的小火驹
送我俩到一块

2006年，南宁

102

02. 哪颗螺蛳不粘泥

听音乐 扫一扫

哪颗螺蛳不粘泥

哪只猴子不上树

哪家猪崽又不拱圈

哪个扑爬又不向前

哪颗螺蛳不粘泥

哪把锅铲不夹腻

哪座山坡又不长刺

哪个扑爬又不向前

　　"嘘……今天在这里跟大家讲一个故事，关于有一颗螺蛳它没粘泥巴，还有一只猴子它硬是不上树的故事。耶……当一颗螺蛳它没粘泥巴，还有一只猴子它没上树的时候，你讲，哪个扑爬没向前咧！你讲咧，你讲咧……"

2006年，广州

03. 声音变了形

太阳的耳光晒过来哟

晒过来哟喂

娃崽的声音变了形啊

变成了大人啊

姑娘的辫子甩过来哟

甩过来哟喂

娃崽的声音变了形啊

变成了大人啊

公主的马车走远了哟

看不见啰喂

妹崽的声音变了形啊

变成了大人啊

妈妈绣的鞋子变小了哟

穿不了哟喂

妹崽的声音变了形啊

变成了大人啊

上得刀山又下火海咧

笑过来咧

娃崽的声音变了形啊

顶天立地的大后生咧

纺起了彩线又绣嫁妆咧

真漂亮咧

妹崽的声音变了形啊

人见人爱的阿依咧

2006年，南宁

04. 歌声和你在一块

听音乐 扫一扫

依啊

那个时候我在家放牛

你在家打猪菜

我走过来你走过去

你走过去我走过来

就是不在一块

那天

我吹着青青竹叶在路边

看着你上了车子离开

哎嘿哎嘿

我的歌声和你在一块

哎嘿哎嘿

我的歌声和你在一块

四年以后我来到广州

有一天我在三元里的地铁下面唱歌

弹着吉他

有很多的人

走过来又走过去

走过去又走过来

有一个长得像你又穿着工作服的

停了下来

我的歌声刚飞过去

地铁就飞了出来

我看着你

跑进地铁离开

哎嘿哎嘿

我的歌声和你在一块

哎嘿哎嘿

我的歌声和你在一块

2007年，广州

心情不好时，我已经下车看墨妙田。

所有的人，自己就像着移一样。

心情好时古一路念好珠既佛，向好走。

05. Maengj ba lah[①]

听音乐 扫一扫

Maengj ba lah Hih hoj

Maengj ba lah so

你想知道山的那边有多远啊

你不空去看那飞回的大雁子啊

你想知道海的那边有多美啊

你不空去追那上岸来的浪花花啊

Maengj ba lah Hih hoj

Maengj ba lah so

你想知道那条河水有多深啊

---

①   Maengj ba lah：汉语大意为饭熟香飘散。

你不空去问那过河来的人啊

你想知道山崖上的花几时开

你不空抬头看那飞过的老鹞鹰

2007年，广州

06. 小乖乖

听音乐 扫一扫

　　这首歌是2006年外甥女和侄子相隔一周出生时，联想起自己儿时母亲念的童谣而写的。当2012年机会成熟录这首歌的时候，两个小乖乖竟然来为自己的来世歌合声了。感叹世界多奇妙啊！

太阳落坡落在山窝窝

小乖乖跟在阿妈后边跑

叫回那只贪玩的小狗狗

数一数回家的鸭仔 Liu Song Sam[①]

小乖乖小幺幺

要柴要火给妈烧

妈讲得一抱

小乖乖讲啰得一挑

阿妈煮的饭菜最香了

---

① 　Liu Song Sam：壮语数字，一二三。

小乖乖小手洗得干净像两只小白兔
帮阿爸捶捶酸了的背啊
帮阿公舀一碗垒垒的饭

　　　　　　　　　　　2006年，南宁

07. Rongh rib

　　这是一首儿时村子里流传的童谣。Rongh rib在壮语中是萤火虫的意思。在飞满萤火虫的夏夜，伙伴们用自己折的纸灯笼或南瓜杆或玻璃瓶等，来装萤火虫。在村子周围星光闪闪的夜空下追着萤火虫歌唱。

天将晚

山朦胧

田不清

大家牵着牛扛着锄头回家来

劈柴烧火做饭

阿叔，Rongh rib是从烟囱飞出来的没

哈哈，你看，村子都亮啦

Rongh rib Rongh rib你过来

你上天雷劈你

你钻洞蛇咬你

你下地我保你

"小时候，和我一起捉萤火虫的，老二、五弟、老七、家立、家佳、木贵、老亚、老江、家良、家毅、家仁、家露、昌旗、阿狗、建新、老弟，还有多多的。他们都没在家了，有的去东莞起房子，有的去深圳学厨师，有的去福建做鞋子，有的去贵州、有的去内蒙古挖矿，有的开汽车，有的毕业以后在城市里上班。村子里面只剩一些老人家还有娃崽。可是他们在家的话又能做哪样呢？春天栽完秧，秋天打完米。在学校毕业的时候又没学会唱歌或者跳舞。在家打麻将等，又没等到电视上面那个贵人来带领大家去燃烧这个藏在身体里面的年青的有用的能量。所以讲，梦想总是在另一个地方，即使每年回家的时候，赚到的钱，刚够买一张回家的火车票。"

Rongh rib Rongh rib你过来
你上天雷劈你
你钻洞蛇咬你
你下地我保你
Rongh rib Rongh rib你过来

2008年，岜岭

117

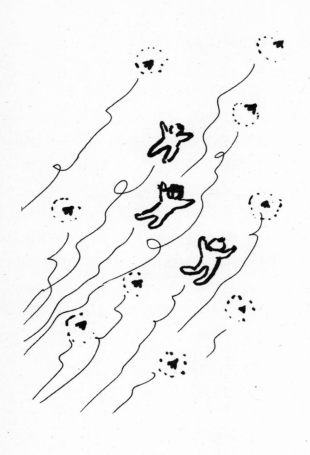

08. 鸟飞笼空着

听音乐 扫一扫

望月月沉落

望鸟鸟飞脱

月落星子在

鸟飞笼空着

2008年，岜岭

09. 抱个月亮

　　处于黔桂交界的家乡，居住有壮、汉、瑶、苗等民族。而自己最熟悉的白裤瑶的古歌里，把姑娘比作月亮，在从歌圩回家的月夜山间，希望抱个月亮回家。白裤瑶的传统恋爱方式是粗犷古朴的，男子去抢心仪姑娘的腰带，若姑娘愿意会放开腰带，若不愿意就绝不放手。第一次看到是山坡拐弯处一辆单车横躺在马路中间，两个人滚在路边抱团"扭打"。开始我还以为是暴力事件，后来才知是在恋爱。这种方式也许是为了试对方的恒心，也试了男子的体力。

　　　回家的路上
　　　漆黑的山岗
　　　灯灭了油已光
　　　空洞的竹房
　　　我想抱一个月亮回家
　　　我想抱一个月亮

　　　　　　　　　　　　　2006年，南宁

10. 遥遥寄微入远方

听音乐 扫一扫

春风吹来百花香

百花芬芳想阿侬

眼看蝴蝶翩跹舞

小鸟枝头唱

怜侬影孤单

愿借春风捎口信

遥遥寄微入远方

2006年，南宁

11. 岜山舞曲

听音乐 扫一扫

感到开心就来跳跳舞

感到难过就来跳跳舞

蛀虫的大树慢慢倒塌

生养的大地伴随有生

2007年，广州

12. 飘云天空

听音乐 扫一扫

碧羞鸟不会忘记

油菜花不会忘记

青蛙也不会忘记

穿过那层层的乌云

上面依然是飘云的天空

2007年，广州

贰

西 部 老 爸

————

2008—2009年作品

01. 没有名字的河

听音乐 扫一扫

嘿，我唱我的家
村边有个绿荫塘
四面青山环绕
屋前李子花开
嘿，我唱我们的歌
这条没有名字的河
在这两岸的田野上
勤快的人是日出又日落

2008年，岜岭

02. 摸石头过河

来呀摸一摸摸

来呀摸一摸摸

来呀摸一摸摸石头过河

哦嚯哦嚯嚯嚯嚯哦嚯……

"小时候，老师问我们有什么理想。老勇想当个医生，李广想当个音乐家，阿啦想当个科学家，索力咧，索力想当一个……耶，索力你想当哪样了？（我想当个解放军!）嚯，索力想当个解放军。我咧，那时我想当个大侠。耶，大侠在街边的样子后尾①你也看见了。后来我们开始读书读书读书，毕业的时候我们开始工作工作工作。开始的时候我们在那工作，后尾我们在这块，后尾又在那块，后尾在这块。工作之余有时我们会摸摸麻将，摸摸妹

————————

① 后尾：方言，后来。

132

仔。唉，有时摸多摸多摸多也会酿①的啊。有一天我们几个喝酒喝多了，我们讲，我们要过那条河去，但是咧，从来没有人过过那条河。兄弟们，怎么办？摸石头过河！"

来呀摸一摸摸
来呀摸一摸摸
来呀摸一摸摸石头过河
哦嚯哦嚯嚯嚯嚯哦嚯⋯⋯
摸石头过河哦

2008年，岜岭

---

① 酿：腻。

道光阴气象
怀城莫光令
山天地是真
龙令山地
执却不
这锅地挂
是莫龙
令闲龙乾
执·

03. 七月的太阳

听音乐 扫一扫

七月的太阳啊

你让我们流汗让我们头痛又口干

你把我们的脸晒黑又晒破

你让我们吃不下饭

嘿，让我们瘦得像根扁担

可是你远不比我们的心上人

心上人让我们心慌慌

嘿咿哎哟……

"心上人

你把我们喜悦的灯火点燃

从此以后

我们一天到晚

巴望你的爱

巴望你的爱

好怕在你转身离开的那阵风

把喜悦的灯火打翻

把所有的道路点燃

这种时候

我们不只是热锅上的蚂蚁

这种时候

我们不只是北风天里的火烧坡

因为，我们的胸膛

比太阳，还要滚烫"

嘿咿哎哟……

七月的太阳啊

2008年，岜岭

04.牛啊牛

听音乐 扫一扫

牛啊牛啊

莫要取笑我咧

笑我一去上班又想回家来种田

回家种田啊又不甘愿咧

那个扁担无爪两头滑

牛啊牛啊

陪我聊聊天咧

你要帮我犁田让我种菜又撒秧

你若愿意啊你就跟我走咧

我挑水来你浇园

牛啊牛啊

陪我喝碗酒咧

你要听我讲讲　讲讲心中的烦忧

就像这天边的老月亮咧

几时肥来几时瘦

2008年，南丹

05. 凤凰山下

河水呀哗啦啦地流

歌声呀哗啦啦地流

时光呀哗啦啦地流

烦恼也哗啦啦地流

想说的哗啦啦话不出口

呀嚯咿畏嚯咿畏嚯咿畏 Vunz Gepcu

萤火虫哗啦啦地流

眼泪也哗啦啦地流

鼻涕水哗啦啦地流

妹妹呀我不想我不让我不想你不要走

兄弟呀我不想我不让我不想你不要走

呀嚯咿畏嚯咿畏嚯咿畏 Vunz Gepcu

凤凰山红水河龙王坡 Vunz Gepcu

凤凰山铜江水莲花山 Vunz Gepcu

（背景壮语山歌：得妹同来两人齐种田）

2008年，打狗河^①

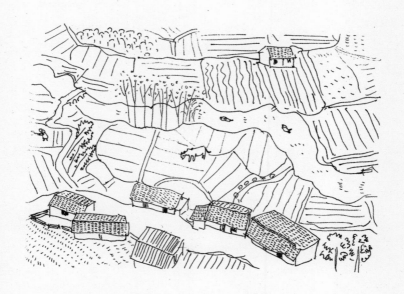

---

① 打狗河：贵州荔波县流入广西河池地区的一条河。"打"为壮语"河"的意思，"狗"为壮语"弯曲"的意思。"打狗"即为"弯曲的河"之意。

06. 火车飞过我的家

四处动土的时代，看到普米族人护林事迹有感。

火车飞过我的家
汽车也要飞过我的家
嘟嘟嘟嘟……咚咚咚咚……当当当当……

大人啊大
你开火车进我的家
你空讲你不用做哪样
大人啊大
你开汽车进我的家
你空做你不用讲哪样
嘟嘟嘟嘟……咚咚咚咚……当当当当……

你们不能再来杀死我们的树

不要再来杀我们的树

2008年，岜岭

07. 山雀

听音乐 扫一扫

山的那边啊

冒白烟啰

我抬头一看

一驾两驾三驾四驾

五驾六驾七驾八驾

轿车靓咧

转眼忙到我面前咧

（喇叭：靠边走靠边走，让开点让开点

往旁边走往旁边走

靠边靠边，唉有什么好忙的）

我单车拉粪啊去放田咧

搭帮这扬头我翻下沟

刺蓬下面啊

脑壳背后啊

听鸟叫咧

一声两声三声四声

五声六声七声八声

好听多咧

抬头一看是山雀咧

（鸟叫：没有事吧没有事吧，要紧没要紧没

没有事吧没有事吧，要紧没要紧没）

去年得吃我打落的米

今天见我跌沟来问候

2008年，岜岭

08. 二三月惊蛰

听音乐 扫一扫

手牵手儿跳

手牵手儿一起跳

跟着月亮跳

跟着姑娘一起跳

一起跳一起跳一起跳一起跳跳跳

手牵手儿跳

手牵手儿一起跳

跟着雷公敲

跟着鼓手一起敲

一起敲一起敲一起敲一起敲敲敲

2008年，南丹

09. 河水清清好洗手

听音乐 扫一扫

哎嘿哟……

河水清清好洗手

泉水清清好洗头

姑娘你来了洗洗手啊

洗得那一双白嫩嫩的手啊

姑娘你来了洗洗头啊

洗得那一头长发黑幽幽

哎嘿哟……

河水清清好洗手

泉水清清好洗头

你若是真爱她的美啊

就该像爱她一样爱着山山水水

（壮语歌段）：

河水清清心欢喜

眼睛亮亮人喜欢

2008年，岜岭

10. Hei, Malwz^①

听音乐 扫一扫

Hei, Malwz / 嘿，回来
Cian gwgu / 到我身边

2008年，独游左江、右江、红水河

2008年邑农独游了壮族生活的主要地区，从南端宁明的原始图腾花山崖画到西边的云南富宁。经过哺育壮人的左右江和红水河。看着车窗外的红色泥土，幽绿山野，层层梯田，混黄浑厚的河流，心情在汽车的上空跟着飞翔，遂有诗一首，此曲本来是为这首诗而作，后来只保留了现在的两句。

---

① **Malwz**：壮族语音，有母亲和孩子的意思，**Ma**也有回来的意思。

路上的诗：

所有先辈唱出来的山歌

我靠近你时才能唱完

祖神，会不会在我喉咙干裂的陌生山头

化作一股甘甜的清泉

喂饱一路成长的饥荒

祈愿

你来了结

所有先辈走出来的山路

我靠近你时才能走完

土地公，会不会在我想象作痛的陌生水边

化作一个温暖的家

装满一路的山花

祈愿

你来了结

11. 瞌歌

哎哟我的土地

哎哟我的土地

哎哟我的土地我的身体

哎哟我的土地

哎哟我的土地

是我连累了你也没得休息

哎哟勤劳的妈妈

哎哟勤劳的爸爸

你们也哈哈地笑了

回头看看也笑了

回头望望也笑了

笑这一切总是做来做去

12. 西部老爸

听音乐 扫一扫

哦老爸你的草帽在早上打湿了露水

用手轻轻地将帽叶子向上一折

在中午的太阳下晒干后定了型

就是一顶漂亮的西部牛仔帽

哦嘿，你总是在落日的夜色中归来

你的腰杆上挂着一把左轮手枪

嘴角叼着一支自家的火辣的香烟

你骑着一匹高大而黑色的骏马

走在你自己开垦的属于你的土地上

哦嘿，我走近你才把你看清楚

你的腰杆上挂的只是镰刀

头顶上戴的只是草帽

你骑着的只是一头水牛

你走在你耕耘了一辈子也不一定属于你的土地
上
哦嘿，
你让我为你再唱那首你熟悉的歌嘿

2008年，岜岭

叁

阿妹想做城里人

————

2009—2013年作品

01. 三月三

听音乐 扫一扫

春暖花开坡上香
坡上花香引蝶来
侬在那坡侬要讲
翻山过坳哥要来

2010年，板德

吹笛著了得
轻功

02. 蚂拐①歌

　　这首歌节选自壮族师公的壮语经诗传唱，无对应歌词。

　　诗歌叙述了青蛙作为壮族图腾的背景故事。传说上古时青蛙是人类的表亲，是天上雷公派到人间的使者。专门查看人间雨水干旱的情况，及时跟上天汇报，以便上天能恰当地安排天晴或降雨，以使人间风调雨顺，五谷丰登，万物安泰。

　　　　　　　　2013年，纳洞屯采录，向宝业前辈演唱。

---

①　蚂拐：方言，青蛙。

太阳光芒

丰收汛一

耕渔

猎

大地
化生万物

03. 青蛙的眼泪

听音乐 扫一扫

叹当今

机械咚咚下田来

喷药水洒除草剂

青蛙最难是这时

叹起初

蚯蚓松土蛙捕虫

春种秋收冬同眠

田水高低对天连

叹以后

机械咚咚下田来

喷药水洒除草剂

青蛙眼泪挂天边

2012年，岜岭

蚷
gvej

04. 走地鸡的心情

听音乐 扫一扫

喔喔喔 听说我们可以下地走了

咕咕咕 听说我们原本就是走地的

格格格 我这心情真是起起又落落

喔喔喔 有人来教如何科学圈养饲料鸡

咕咕咕 听说那些人又来问有没有走地鸡卖

格格格 人这心情真是起起又落落

2013年，广州

05. 发展中的板佬屯

听音乐 扫一扫

一兜大树十八丫　一个寨子十八家
村村寨寨有路头　那年唱游过板那
依山傍水好住处　村前水田十几亩
猪马牛圈靠村边　黄狗立耳在看家
园边母鸡忙刨土　溪中鸭仔唱嘎嘎
天亮公鸡喊起床　人按季节种庄稼
季节一过没活做　吹木叶做手工活
老人得空晒太阳　喝茶乘凉瓜棚下

妹崽打菜在田头　娃崽放牛爬山崖
后生打早放活路　摇船下水摸鱼虾
摸鱼虾来不为鱼　洗衣妹崽笑浪花
晚上月亮星子亮　聚在村中话家常

娃崽更是满村跑　　做起游戏闹喳喳
后生搭伙游村寨　　学当歌手找情爱
阿公歌里有故事　　阿妈锦绣有传达
大山流下幸福泉　　源头之处影彩霞

一条马路连千山　　一根电线通万户
青山未变人常改　　今天骑马过板坡
话讲送电下乡里　　送来光亮送文明
生产改革现代化　　科技解放劳动力
播种机来代替手　　耕田机来解放牛
洗衣机来妹欢喜　　电视在家有乐趣
游戏机帮带娃崽　　哥若想妹按手机
十年不见风吹雨　　骑马回头见识低
下马登门来祝贺　　村子首富数老姨

老姨去年当书记　　书记讲话有第一
第一家家住平房　　第二准备奔小康
交通信息还欠缺　　电视里头来对比
山乡需要企业化　　北美西欧了不起
乡镇企业靠什么　　第三我讲靠科技
科学技术创奇迹　　能上天来能入地
这坝田要建工厂　　这片土要建小区
这条河流修马路　　这个坡要停飞机

老姨讲到高兴处　　春风得意念诗句
到时林中麻雀鸟　　鸟窝规划要统一

一轮明月千江影　　千江月影共一圆
村头林尾空荡荡　　青年欢聚在那方
江山易改情难变　　约妹唱歌在板泉
妹却带话来转告　　一年放假就七天
科技解放生产力　　老妹莫把谎话编
心想突然来袭击　　偷偷跑进工业圈
画眉在唱哆软咪　　山羊正在荡秋千
公鸡在练翻跟斗　　马崽正在钻火链
牯牛在玩跷跷板　　老虎高空踩钢线
大家都在练本领　　适应这条新游船
游船摇摇又晃晃　　暗争位子明讲理

独个喝酒独个走　　牵马回头把琴奏
田里不见插秧歌　　耕耘机子在冒烟
树林不见拉木歌　　电锯开口像发癫
菜花开了不见妹　　自动喷药飞满天
河边不听妹笑语　　河水像我醉恹恹
抬头不见天半边　　伸脚不碰泥土面
睁眼不得见四季　　侧耳不听鸟语言
鼻子不闻花草香　　舌头要找调味鲜

手指摸不到彩霞　真心期待新影片

2013年，K1223 南丹—广州东

06. 田挨水泡，田坎同样挨水泡

纯音乐，无歌词。

2012年，岜岭

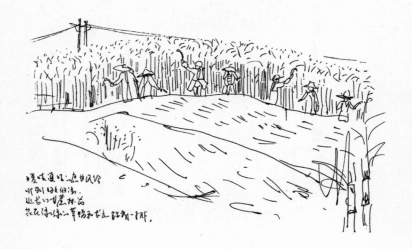

07. 阿妹想做城里人

听音乐 扫一扫

这首歌的创作缘于一件事。山里一位老表和女朋友高中毕业后一起去城里打工，希望赚钱到三十岁后回到山里建房生娃过日子。三十岁过了，要回山里了，而这时，阿妹想做城里人。

今天又来唱山歌

阿哥阿妹一起来

山上月亮亮汪汪

照见阿妹像朵花

阿哥就是爱阿妹

我俩就在山里住

阿妹也说爱阿哥

就是想做城里人

2013年，广州

08. 妈妈的蓝靛布鲁斯

阿妈

想唱首歌让你高兴

想打个比方让你看开

想你像佛陀那样醒来心自在

阿妈

你的爱像手中的棉纱那样细又长

蓝靛太浓就会变乌黑

线太长太多就会乱龙打绞

阿妈

安慰你你又说姜还嫩

可是米酒酿得再久不变香甜又有什么用

还不如这蓝靛老了会开花

阿妈

想唱首歌让你高兴

想打个比方让你看开

想你像佛陀那样醒来心自在

2013年，岜岭

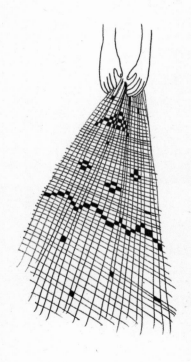

09. 古调

听音乐 扫一扫

从前山不高

天与地相接

云与田相连

从前都一样

种田来吃饭

种竹子乘凉

2012年，峇岭

10. 五色糯米饭

听音乐 扫一扫

五色糯米饭真是香来真是香
蜜蜂以为桂花开在伙房来开在伙房
基过香咧阿鲁基过啊香嗨啰喂
枫叶红兰草黄花染糯饭来染糯饭
紫红黑白黄像彩虹来多吉祥
基过香咧阿鲁基过啊香嗨啰喂
去年得吃的五色糯米饭来糯米饭
现在唱歌出气口还香来口还香
基过香咧阿鲁基过啊香嗨啰喂

2013年，广州

11. 回家种田

听音乐 扫一扫

贝侬①贝侬回家咧，回家种田咧

贝侬贝侬回家咧，回家种地咧

别去追那辆火车拥拥挤挤的火车

回家咧回家咧

在那你只能变得很弯很扁长出刺来

回家咧回家咧

贝侬贝侬回家咧，回家种田咧

贝侬贝侬回家咧，回家种地咧

别去追那辆火车密不透风的火车

回家咧回家咧

在那你只能忍气吞声默默承受叶子枯黄

---

① 　贝侬：壮语音beixnuengx，为"兄弟姐妹"之意。

回家咧回家咧

贝侬贝侬回家咧，回家种田咧

贝侬贝侬回家咧，回家种地咧

你还能不能找到那条山路通往儿时放牛的山林

回家咧回家咧

你还能不能找到那条田坎最简单最快乐的田野

回家咧回家咧

贝侬贝侬回家咧，回家种田咧

贝侬贝侬回家咧，回家种地咧

山中百草都是药天地之间有道学

回家咧回家咧

能上能下可去可回做自己的王

回家咧回家咧

贝侬贝侬回家咧，回家种田咧

贝侬贝侬回家咧，回家种地咧

2013年，广州

12. 唱支歌

听音乐 扫一扫

我要唱支歌

唱支什么歌啰

我要唱支歌

唱支让你爱上我的歌啰

我要跳个舞

跳个什么舞啰

我要跳个舞

跳个让你醉呵呵的舞啰

我要变成花

变成什么花啰

变成一朵山花

插在你头发陪伴你去耍啰

2010年，广州

访谈

问：周华诚

答：岜农

访谈时间：2017年10月21日

- 岜农是谁？

- 一位音乐人，瓦依那乐队的主创兼主唱。

- 原生、乡土、纯粹，是岜农以及他的乐队的特点。在那流淌出的清澈音乐里，你能够感受到如诗画般的美，宁静而深刻，自然而温暖。

- 乐评人杨波这样评价他们的音乐——
  像鱼从水里游过，或雨从天上落下来，瓦依那没有花什么力气，即做出了赤诚且纯净的表达。对这个时代来说，这样的音乐几乎算回光返照了。

著名乐评人宁二曾说——

瓦依那的音乐里面有美国南方民谣的味道。

而我，则从岜农的音乐里，听到夏夜的蛙鸣，春天的花开，以及秋天的麻雀拍打翅膀掠过稻田，汗水在谷粒间啪啪滴落的声音。

芑农你好。你出生于哪一年？你是从什么时候开始，发现自己有音乐天赋的？

华诚好！我是1979年尾出生，差不多就是八零后了。大概是高中毕业二十岁左右，那时开始学弹吉他，弹了大概一年，学会弹唱蛮多经典歌曲。后来开始觉得那些名曲已经不能准确地表达自己的心情了，又处在那个多愁善感的年纪，所以自己就撅着吉他找符合自己情绪的声音和节奏，发现能轻松弄出些契合自己的情绪的声音，再加上心里想表达的话语，就成了歌。

虽然当时身边朋友觉得我在瞎玩，但我自得其乐，就一直保持了用音乐来抒发自己的情感的习惯。也是那时觉得自己还有一些音乐天赋吧。

小时候你在老家田野上，也唱歌吗？

小时候并没注意到自己音乐上的爱好，因为从小一直在绘画方面能力比同龄人突出，所以一直觉得绘画才是自己的天赋。是后来回想起来才记得自己小时候的确蛮爱唱歌的。比如有一次在田野上给放牛的小伙伴们模仿表演演唱会，让大家在低一层的田里听自己在高坎上唱歌，表演各种投入的动作。那个时期好像是受到当时流行的港台明星的影响。还有一次坐在树阴浓密的李子树上摘李子吃，觉得心情不错，村边野外又没有人，就开始模仿歌星的样子自我陶醉地唱歌，唱得正动情时，我二姐突然出现在李子树下。被笑话了，自己害羞得从树枝上"飞走"，那种害羞的感觉现在都还记得清楚。到了高中时期听的歌更多了，也经常在假期进山里放牛的时候，走在山谷中没有人时就大声唱歌。

说说你在乡下生活的故事吧——比如，少年时印象最深刻的事情是什么？有没有什么特别的记忆？

我从小一直在山村生活，直到高中毕业以后开始外出学习和工作。我的家乡在黔桂交界一个县城周边的农村。这里属于喀斯特地貌山区，也就是壮语称为"岜"的石山山区。村子四面青山环绕，有河流溪水。西南大通道的火车从远处群山的隧道里穿行出没，然后从村子前的田野上轰鸣驶过，又消失在群山后。这些就是我整个童年的大舞台和大课堂。童年美好回忆基本上是在村子和山野里，相比之下学校的回忆少又无趣。要说起印象深刻的事情就太多了，爬火车、在田地里偷瓜果、进山里砍柴、放牛、做游戏、听故事、钻山洞，等等。

除了游戏奔跑的快乐，帮家里干活的那个劲也时常想起，虽然当时是辛苦的。成年后好几次遇到体力不支的情况，比如徒步、登山或一些过量的体力活，在体力不支的那一刻我脑海都自动联想到小时候在山路上扛柴火的画面。小时候的长假，村里的小伙伴都一起到山里放牛，在山里砍柴。傍晚赶着牛群回家，每个人扛着一捆自己砍的柴火，走在牛群后面。山路小道，牛群走得慢，我们常常咬牙忍耐肩膀疼痛，慢慢前行。每次都自己挑战自己，尽量走得更远一点。因为当时的小伙伴们都是这样，自己也不能示弱，所以就这样锻炼了那股耐力。直到现在，这个耐力还在给我自信和力量。

你在哪里读书的？

小学到高中一直在家乡当地读书。高中毕业后读了一个学期的大专，后来退学继续参加了四年的美院考试，当时想考八大美院当专业画家。后来因英语不上线一直不能实现理想，就开始工作。参加考试期间主要在桂林和南宁等地方学习。

你的歌里用到很多孩子们的声音，包括他们歌唱的声音，是不是你小时候也是这样唱歌的？壮族的、乡间的、方言的歌，哪一种是你最喜欢的？

小时候没有电视，所以，我的童年就有很多游戏、歌谣、和月亮一起的画面。所以在自己想表达再现那种美的时候，就想要和孩子们一起来唱歌。在自己创作的《小乖乖》和《萤火虫》里都有小时候妈妈教的或当地传唱的歌谣。

说到小时候的生活环境和状态，觉得自己出生的年代是比较特殊的。在《嘹歌三部曲》里，我在每部的开篇，分别用了三款收谷机来暗示这种变化。我想这是一个从古至今的真正转折点。从我出生的七十年代到八十年代这十几年间，我们的村子是没有正常通电的。所有耕作方式和生活来源都是跟古代人相近，虽然已经看到电气化、机械化的东西，但还未运用到。劳动、生产都以耕牛和人力为主，生活资源也依靠着自然。娱乐方式都是跟古代差不多，自己动手做玩具，集体玩游戏等。可以说，过的是古代人的生活，体验了古代人的精神状态。到了九十年代就进入电气化时代。接着进入2000年以后的信息时代。所以对儿时生活的怀念，应该是对那个依随自然步调生活的时代的怀念吧。

关于民族方言歌谣方面。我们村子因为离县城比较近，所以到我们这一代的长辈们就不怎么用壮语跟我们交流了，而是以方言桂柳话交流为主。但是在一些节日或走亲戚的时候常常能听到传统山歌。具体的歌没有特别记得的，主要是那种感觉，也就是上面讲的那种与自然共生与自然同步的感觉。

在东北工作，在南方工作，主要是做什么？可以说说其间的酸甜苦辣吗？

只去过天津工作一个月，主要在南方工作。做过摄影后期美术编辑、杂志社的美术编辑，及其他平面设计。

我并不是很上进的那种人，除了在自己的爱好上比较爱折腾，其他工作都是做好就好。因此工作时也不是很拼，总体来说也算不上苦。但毕竟还是要做这些工作来生活，换个角度说，这些辛酸才让我更明白和珍惜自己想要的生活。

记得有一个寒冷的冬天，我从需要开灯的封闭的美工室走出大街来透透气，看到一个乞丐慵懒地坐在马路边晒太阳，突然觉得自己比乞丐可怜多了。

后来就辞职，心想再也不做那行了。但后来为了买录音设备又得去接些活来做。所以现在自己很珍惜自己半农半歌的生活。

就算是在四处流浪的生活当中，依然没有放弃音乐吗？

从读书到工作，我一直把音乐当作业余爱好。但不管是背着画夹到处画画，还是背着行囊四处工作，直到现在的回家种田，身边都有一把吉他相伴。

玩音乐都是利用业余时间，只不过一直玩，时间久了就显得专了，跟正事没有太多冲突。

工作几年后，倒有过放下工作去玩音乐的想法和纠结。有一年我远行去天津工作，朋友和老板要给我一点股份，让我长期留下来工作，我那时犹豫了。那份工作几乎没有独立时间，也就没有业余时间去玩吉他了，就觉得实在憋不住。也是在那时，我感觉自己很需要音乐。

甚至也有过"是不是音乐爱好干扰了我专心做设计工作"的念头。所以那时很想做个了结，就辞职回广西，不上班，纯玩音乐。

一段时间后，由于设备、排练场地、生活费等原因，又难以持续。心灰意冷之际，才来到南宁朋友的画室帮辅导学生画画。那段时间，反而以简单的自娱自乐的心态创作了第一部作品《飘云天空》的部分作品。所以世事很奇怪。从这个角度来说，也算是一直没有放弃音乐吧。

你的音乐是不是一直这样？一直是乡村的题材、带着泥巴味儿的，还是说，以前尝试过新潮的、都市的音乐？

每个阶段都不一样。开始写歌时，虽然也是自己的真实情绪，但带有很大的模仿性质。用绘画来比喻的话，虽然画的内容是自己的，但手法是常规的，潜意识里仍然是在学习模仿。

《瑶歌三部曲》是我学弹吉他写歌五年后的作品，那个阶段觉得自己在艺术形式上及创作心态上，都有了自己的审美创造。这种创造不止完成了日记式的写实记录，还有另一层力、一种答案、一种期待或玩味。自己觉得有点意思，可以跟大家分享，《瑶歌三部曲》收录了这个转折点之后的作品。

这个转折点就是前面说到的，有一段时间辞职好好玩音乐，然而没有器材。那个时期也就是创作的前期，大概有五年时间是这样。当时的作品都是带有流行摇滚之类的风格，应该是对所有听到的喜欢的音乐类型的一种学习模仿吧。虽然歌词都是自己的真实体验，但音乐形式是很欧美很主流的。而这种音乐也需要买很多器材，比如效果器、调音台、键盘、音响之类，因而一直被物质条件困扰无法进行。

这样的打击后，无奈之中，突然听到少数民族的原生态山歌，简单自然另有潇洒快乐，让我想起小时候看过的山歌手，及乡下生活简单快乐的美好。就开始用一把吉他一片树叶来表达，于是就开始有了这些带有泥土味的音乐作品。

现在想来，早期随大流想做的流行摇滚乐，就像是城市的象征。那种快乐，要建立在有车有房的基础上，需要很多昂贵的设备。而自己在失意后重新意识到乡村生活的简单美好，就像民间山歌手一样，自己做乐器，随手摘一片树叶，就可以开心地表达。回到家乡，走出家门就是青山绿野，就很快乐！所以后来唱泥土味的歌也是对乡村生活的重新认识，直到现在回家种田。

如果是在城市里玩泥巴味儿的音乐，会不会很奇怪？

是指住在城里创作乡土音乐这种状态吧，还是指到城市里表演泥土味的音乐呢？

住在城市创作泥土味音乐，算是属于纯艺术创作吧，艺术创作是无所不可的，都可以。而我自己创作音乐更属于自我对生活理想的追问或生命乐趣的探索。所以对于我来说，核心是寻找到自己想要的生存方式或理想的生活。这样说来，似乎有点奇怪，感觉我们现在都很自由，选择也很多啊！但自己觉得在人类文明进程的大流中，并没有我真正想要的幸福，我必须自己去观望判断，找到生命存在最初的心。

可以说《瑶歌三部曲》就是在这种思考取舍的阶段创作的。比如歌曲《发展中的板佬屯》，就是对这个时代大流的怀疑与判断；歌曲《阿妹想做城里人》是关于生活方向的探讨；歌曲《回家种田》就是各种思考判断后做出自己的最后选择。

所以2015年整理完十年的音乐作品——《瑶歌三部曲》并出版后，我就彻底离开城市回家过半农半歌的生活。从这个角度来聊，大概知道自己的音乐创作的特性。但艺术创作是没有界限，也没有标准的，所以对其他创作形式自己觉得都可以理解。

现在，我回乡种田，大概像个传统山歌手一样，就像传统的"農"字一样，是农也是曲，忘记自己是歌手是生活还是创作，只知道自己依靠岜山瑶水，低头种田，抬头唱歌。

当时为什么想到要组建一支乐队？

当时在广西写了好多歌，但没有太多知音吧，觉得有点孤独，于是就去广州找一个也是做原创音乐的朋友玩。过去后朋友帮推荐参加了一个音乐电台节目。节目出来以后，在广州的原创音乐圈有蛮好的反响。于是朋友继续帮策划了一场小的专场演出，就正式取了乐队名字，组了乐队，取名"瓦依那"乐队，汉语大意为"稻花飘香的田野"。

那个乐队生存状况如何？艰难吗？还是乐在其中？

当时做完专场，虽然效果也不错，但也没有往职业乐队发展。乐队成员继续去做各自的工作。偶尔有一些邀请演出时才临时聚起来排练。其实这个情况到现在也是这样。我常常回答朋友关于乐队状况的问题时，都是这样说——"散时为农，聚时为歌"。当然也跟我不想长期以演出为生的心态有关，因为跟前面说的一样，我以追求生活状态为主，先有喜爱的生活再将感受创作出来，这个创作包括美术、建筑、工艺、种植等，所以全职演出就不在我想要的更丰富的生活理想里了。

当然原创音乐的生存空间在目前尚属小众，以此为生相对还是比较难。而我选择先有生活再创作，也是对这种"难"的一种解决方法，获得了独立的生存基础，自由的创作空间，乐在其中。

能不能说说乐队的故事？说两三个吧。最艰辛、最心酸的故事，或者最快乐、最无忧无虑的故事。

最早想做乐队，是我刚工作的时候。那时在家乡县城的摄影店工作，业余时间找了三个高中喜欢音乐的同学，其中一位成员鼓手索力，也是跟我合作最久的一位，因为他也有没有固定工作，可以到处流浪。当时看到他在街头无所事事地晃荡，就想邀他一起来玩乐队，因为记得他在学校也喜欢弹吉他。聊了以后，索力很感兴趣，于是回家让家里卖了一头猪，得了八百元，我再集了五百元，这样买到了架子鼓。加上两个也很穷的同学一起，在县林业局小区租了一间房子开始排练。但是其他设备还是没到齐，只能胡乱玩玩。

接着我和索力都先后在桂林和南宁等地工作，都一直带架子鼓去，每到一个出租房打鼓排练，都被房东和邻居投诉或警告。直到南宁那个出租房，又被房东大骂，突然觉得这套东西太招罪、太累赘，干脆打包寄回老家，摇滚梦就这样滚回老家，后来是就着一把吉他一片树叶唱起山歌的。

想起的另一件事就是去地铁唱歌的事吧。我和索力都是害羞腼腆的那种类型，但是既然想过不寻常的生活就得敢想敢做才行啊。另外当初我从南宁来广州时也开玩笑说，想到人群最匆忙的地铁去，戴顶草帽弹着吉他吹一片树叶，想感受那种最遥远距离的两种声音的碰撞。

为了去地铁唱歌，我还自己画了一个歌词单印刷，借用之前在佛山电台节目录制的原创歌曲，刻录了一百张光碟。一切准备好了，鼓起勇气坐公交车向三元里地铁站出发。前两次到半路就下车了，借口说就地找地方唱就好，其实是不敢去。

但自己还是想过了这关，最后一次才走进地铁唱起来。唱起歌的时候就很投入开心了。第一次唱好像还赚了九十多块钱，卖了四张刻录碟。第二次去了人流量最大的东山口地铁站，那里人太多了，声音盖过了吉他，唱了一会儿治安管理员就来警告我们，于是就直接收摊回去了。就这样，后来觉得地铁并不是听音乐和唱歌的地方就不去了。这些都是音乐给我带来改变或体验的故事。

一直在城市生活下去不好吗？为什么会想到有一天还会回去种田？

关于这个话题我想聊聊《阿妹想做城里人》这首歌的创作背景。有一位老表高中毕业后，和他女朋友一起到城里打工，本来他们打算年轻时出去找工作赚些钱，年纪差不多了就回家盖个房子结婚生子过生活。数年以后，到了结婚生子的年纪，阿妹已经不习惯山里的生活，而对于阿哥来说，也想过在城市生活，但是在城里安家育儿的条件太难。所以我为这种状态写了这首歌。表达的问题也多多少少是我也有的，因为我也要选择在哪里生活。

当然选择是否在城里生活，或城市好不好，跟个人内在条件和外在条件等有关，因人而异。我自己就是在城市学习了很多，最后选择回到山野自然中生活的人。

为什么想要尝试"自然农法"？

从喜欢乡村生活到尝试"自然农法"应该是喜欢的深入，也是对农业现状的一种反应吧。我决定回家寻找水稻老品种自己种田的想法，是在广州工作时萌生的，每次去郊区田野游玩，都看到菜地里一棵草都没有，只有孤单单的菜。田边丢着很多化学药瓶，类似除草剂、杀虫剂之类的。于是意识到自己已悄无声息地生活在一个布满未知恐怖的环境里。接着又看到一些关于传统品种种子被现代品种取代殆尽的报道。于是自己就下定决心，回乡寻找当地传统水稻品种并自己栽种。

在自己种田的时候，更进一步认识到现代农业种植的污染和危害。于是开始寻找各种对人对环境友善的农耕方法，并最终选择"自然农法"进行学习和种植实践。

种田的收入基本上无法维持一个人的温饱……在村庄里，人们怎么看待你？是不是认为你应该是城市人？

从种田的经济收入来看，务农是非常穷苦的事，所以几乎没有年轻人是立志要当农民的。但这的确是长期以来各种形势对农民这个职业的巨大误解。

单指温饱，务农是绝对可以很富足的。务农之所以被穷苦化，是指农民的经济收入。因为一直以来农产品在整个社会生产产品交易中，劳动价值比是最低的。比如一台流水线上生产的苹果手机，就等同于我们这里一个农民用一年时间种植三亩地水稻的市场交易价值。

农业的本源是自给自足。人类进入工业社会，特别是前期，这种交易价格差很大。所以上一代中国人用务农来支撑新一代农民进入现代化的工业国成为非农民，是极其辛苦的。

我2012年回乡种田以来，实践各种有机自然农法种植。除了2014年因连续两年直播不耕地不除草并且没有时间管理而没有收成以外，其他每年平均都收成四五百斤净米。所以按照现在的饭量一天吃一斤米，也还有剩余的，并且这是在没有施肥打药的情况下的产量。如果再随便种些菜、瓜果、养些家禽，温饱是很容易的。再加上乡下物资廉价而丰富，我回家务农这几年，都很少在温饱上花钱，并且还能常常吃到山上丰富的野菜之类的食物。

关于务农解决温饱的问题，我还特地询问过我父母那辈人。我说大集体时期不是天天干活吗，为什么不够吃呢，是种植没有收获吗？他们说有收获，但都上交了，只留口粮或按工分领取，分配到极少，饭量大的人就挨饿了。然后到改革开放初期，特别是年轻一代开始要读书入住城市这个阶段，当时农村家家户户以养猪种米作为经济来源。当时我父母要供我们四兄妹读书，最多种八九亩的水田，还有四五亩的玉米黄豆来喂猪等，可想而知，在那个还没有机械化的时代有多辛苦。由于人人都种养，供大于求，农产品价格更低。

所以农民的辛苦，不是因为解决不了温饱，而是农产品在市场中交易价格低廉。

我妈回忆说："那时一年辛苦到头，连过年的年猪都舍不得吃完，省一半拿去卖，并且才得多少钱（具体忘记了）一斤哦。"于是我开玩笑说，要是当时不读书都留来自己家吃，就一直是富足的生活了。

重新回到村庄，回到田野，与你当初离开它，感受有什么不同？

重新回来后更会欣赏村庄了。当初离开村子，因为觉得乡村是荒凉、落后、无聊的。细想来，其实我自己从来没有讨厌过山村。我一直很喜欢在田野或山中行走，只不过在那个年纪，所有人都往城市跑，自己留在家种田好像的确很辛苦也很难赚到钱，所以是无奈地往外走。

如果我早知道这种半农半手艺的生活方式的话，或许我会高中毕业后就去游学，学习一些喜好的手艺之类，然后回家生活了。但是这样绕了一圈回来也挺好的，至少庆幸自己还回得来。也只有吃够了在钢筋水泥丛林、茫茫人海中奔波的苦，生命时间被工作安排分割的苦，才能像现在这样懂得欣赏珍惜乡村生活的美好。

随性自由地安排时间，主动任意地设计种植自己的食物，随时偶遇路边野花交替开放，野菜任意享用，劳动歇息时听虫鸟唱鸣，回家路上看永远不一样的晚霞、泼彩山水画，等等，处处感到美和幸福。现在很享受乡村的"无聊"和一草一木的乐趣。

说说你的创作状态吧，比如在哪里写诗，什么时候唱歌，在村里怎么排练，有没有小伙伴和你一起玩，等等。

我的创作主要有诗、歌、画这三种形式。都没有正规学习过，全是自发的行为。我自己也想过为什么会用这三种方式来表达呢？最早是喜欢画画，从小就会观察形体，比一般伙伴更能画出物体形象来；然后高考时选择艺术类考试，进入画室学习；高中毕业之际，学会弹吉他，因为弹唱更能直接表达那种充满青春爱恋和离别的感情；刚进入社会那几年，看到社会不像想象中那样美好，在现实和理想挣扎中，就突然感觉需要文字逻辑来剖析自己苦恼的源头。每次很纠结迷乱时就会写诗，只有写诗才能让思路清晰、心思明亮。我的创作状态就这样形成的。

而更深入社会生活以后，用绘画和诗歌的方式表达心情比较少，用歌表达比较多。《囂诗》是为了表达我整个世界观的思考和形成，比较庞大，就选择叙事诗歌来表达。而前几年去泰国清迈旅游时，被当地人种植的花草和鲜明的建筑色彩所吸引，就不自觉地想要画画。所以这些技能，都是它们自己做主、自己出来的。

音乐的创作，像我上面说的，我的艺术是生活的花果。生活本身有很多面，也分有几个板块。一个板块是回来后，经常有很多亲朋好友聚会或者游玩，这种状态下写的，我自己暂时称它为"回到部落"。除了有很多聚会，生活中还是一个人的时间最多，自己一个人时就喜欢看山听雨，游走田间，观察各种自然现象。我也想把这种跟自然的交流用音乐表现出来，这也是另一块音乐创作部分。另外还有在家乡或周边采集童谣或与民间歌手的合作等。

创作状态有多有少，有动有静。的确是跟着自己的生活兴趣在走，也不需要刻意规划，一切美好的有意思的交汇，都可以玩出来。

有多少位村民，参与到《噼歌三部曲》里来？他们的感受如何？有趣吗？

人数没有具体算过，大概有二三十位参与了《噼歌三部曲》的录音。主要有村里的小孩、儿时的玩伴，以及本地的同学朋友等。像《Rongh rib（萤火虫）》这首童谣，音乐创作里有一段童谣，就是小时候和村里的小伙伴们一边追逐萤火虫一边唱的。所以录音时也有邀到他们大部分人来一起唱。

伙伴们平时大部分都外出务工的，刚好是过年大家都回家，一次聚餐后就顺便邀大家来一起录的。大家聚在一起唱歌很开心，可以很快找回童年的感觉。歌声可以让人放下各种成人的芥蒂，来到童年一样开心的聚会中。这种气氛即使有音不准的也是无所谓的，或者说这种混合才是最准确的乡音。

你的绘画，是跟谁学的？

从小就喜欢，自然会观察到物体空间并表现到平面纸上。由于山乡小地方也没有什么美术类的门道和见闻，只是自己画来自娱自乐。

临近高考了了解到可以去考艺术类学校，于是开始去南宁等大城市的画室学习。去过蛮多画室也跟过一位油画老师学习，后来因英语单科成绩太低没考上报考的院校，就开始工作了。在那段时间都是向西方绘画大师学习，以他们为榜样。

但在我音乐审美转变成唱山歌以后，我的绘画画面也一起跑到民间艺术这块来了。能感受到民间美术的那种技巧之外的、充满生活气息的美。所以我后来偶尔画一些东西都带有很强的民间绘画或构图的特色。到现在我还是很向往到民间寻找和欣赏民间的美术作品，以他们为师，以自然生活为师。

为什么会想到整理一万余字的壮族口头文学式的神话叙事诗《嘼诗》？这个过程是怎么样的？

很多朋友都以为《嘼诗》是我整理壮族神话的作品，后来见面了解后才知道，是我的创作。因为用了民间口头文学的语言方式和壮族特有的各种象征，所以一晃眼看以为是老故事。

我也没有想过要写这么长的诗。自己性格比较爱质疑、爱思考，在生活中积累各种想法和感悟，各种求索后，觉得有了一个让自己满意的答案。于是就想把它写出来分享。我学着用古老语言来表达，最大的原因，是我要表达的这个世间观跟古老文化有着很大的共通点。用叙事诗的形式，符合一个完整的逻辑发展的表达。而神话，直接指向生命的本质。

在这创作的过程中我阅读了很多壮族的古诗歌、山歌、故事等，特别是以壮族《布洛陀经诗》为主。还读了西南其它少数民族的创世诗歌、故事及印第安、非洲部落的诗歌预言等。发现世界所有部落时代的共同世界观都与万物有灵有关，并且认为万物是一个整体。这是人类的童年，是离自然母亲最近时的认识。《嘼诗》以人性的变化为主线，铺展开复杂的人类社会发展图，而这种看似发展繁荣的另一面其实是在慢慢背离大自然这个"母体"，因此造成当今社会出现的各种问题和危机。

《瞽诗》是我一段时间内寻找到的答案的分享，虽然现在的我还要继续学习。所以在做《瞽歌三部曲》时就把它放在里面。但遗憾的是听歌的朋友们对《瞽诗》的反馈不多。所以想让《瞽诗》独立出来，让更多的人认识，这也是我配合出这本书的最大动力。说到这里，也特别感谢华诚兄的赏识和帮助。

你在现在的生活状态下的心情怎么样？

从2012年起，每年春耕秋收回家，到2015年回家务农过半农半歌的生活。也就是我发行唱片《瞽歌三部曲》巡演结束就回家了。《瞽歌三部曲》是我十年的音乐成长式的记录，是自己找到自己的回想曲。接下来就是走进歌中去生活，不只是停留在歌唱和向往，而是去建造生活，建造家与乡。

开始决定回乡还是担心经济来源等问题的，后来发现在乡下自给自足的状态很容易达到。这种状态让我换取了很多自己的时间。直到现在，我都很珍惜很快乐。

你一天的作息是怎么样的？

我一直希望自己日出而作日落而息，但事实上大多数时间也比较晚睡。一般是早上巡一下田，回来做些音乐或手工等室内能完成的事，到了下午四点太阳西斜凉爽的时候再到田地里做些农活，直到太阳落山才迎着晚霞回家。不同于在城市里的晚睡，在城里基本上是因看电影上网等导致晚睡。而在家乡，在早早就安静极了的村子里，在自己打造的种满植物的院子里，在向南面山的客厅里，常常独自捣鼓一些乐器、喝茶、品自己酿的酒，以及发呆，等等，有了睡意才去休息。

一天当中，有多少时间在田野里，有多少时间在艺术上？

农忙季节基本以农活为主，晚上也会比较困，所以创作基本停止，当然在劳动中有些感悟灵感也会简单记录下来。一般最忙的季节也就四、五、六月这三个月，其他时间都是下午才到田里劳动或观察记录。因为自己种的只控制在够自家吃的基础上，所以劳动量不大，有很多时间做艺术或爱好上的事。

现在你喜欢唱歌吗？最喜欢自己的哪首歌？

有心情就唱。一般都是朋友来喝酒吃饭后唱着玩乐。平时自己很少唱歌，更多时候是在把玩乐器或琢磨新创作的歌，就是以在新的情绪和新的表达状态中为主。

你最喜欢在哪里唱歌？

最自发的可能是在大自然中开心了就喊起歌，或者朋友聚会喝酒高兴了一起唱歌。一高兴就唱。

《瑶歌三部曲》出来以后，反响怎么样？你的生活有没有因此而发生一些改变？

《瑶歌三部曲》出来后也做了一些小众的巡演，反响一般，但是还是认识了一些有意思的朋友。比如因为歌而认识了做环保的一些朋友，后来接触了广西本土的公益组织。我原来感觉一个人做老品种种植和环保农法很孤单，后来认识这些机构及他们支持引导的很多农民，发现大家都在做"有爱农耕"这件事，我一下子觉得有了很多希望和宽慰。另外我也学习和分享了更多的"有爱种植"的资源。

在经济收入上《瑶歌三部曲》并没有什么收益，但让更多人认识到我并与我合作，比如一些学校邀请我去教小朋友自然音乐等。

你最喜欢的歌手是谁？你最崇拜的人是谁？

每种音乐都有听到喜欢的，传统到先锋，古典到实验都有，都有阶段性。近十年主要听的有台湾的民谣，到美国的布鲁斯，再到非洲的一些乐队，另外是日韩及东南亚国家的音乐，等等。风格有传统和个人化的，主要是传统和有传统味道的个人化的音乐。可能跟自己想做的音乐有关。

没有最崇拜的，或者说有蛮多。另外自己很喜欢听那种还存活在少数民族山区村寨里的生活化的音乐，我自己最想要那种状态。

你目前的创作，近期有什么规划吗？

回家以后生活面也广了，所以同时在记录的音乐有几部分。一个是我跟朋友想做的关于传统童谣的整理及再创作；二是在家的生活中，经常跟很多伙伴以集体的方式玩乐的，我称之为部落音乐的记录和创作；三是我自己独自的时间，在田野山野及独处时的感受的音乐表达；四是想和遇到的有意思的会唱民间山歌的手艺人合作。大概是这四块。

现在主要在做个人感受的这个板块，因为其他板块需要外在条件的配合，相对慢一些。

你会一直在乡下待下去吗？

我也不确定会不会一直在家种田，世事无常嘛，但我想不管在哪儿活着，我应该都会自己种一块地，依靠大自然。

生活方面有什么可以分享的吗？比如你的爱情、婚姻……

自己觉得自己还不是很成熟，还不敢分享。

在你的作品中有一首歌叫《哪颗螺蛳不沾泥》，特别有意思，而且有一种天真和一种任性，我每次听到都很开心。你能说说这首歌的故事吗？

"哪颗螺蛳不粘泥"这句话第一次听，是很早时妈妈跟我拉家常说的，属于当地的俗语，相当于"天下乌鸦一般黑"。这句有趣的俗语，我一直记得。2007年刚到广州时，觉得这句话刚好契合那时的生活状态。于是补上句子创作了这首歌，引申开来，主要就是一种能经得起摸爬滚打的精神吧。没有特指的故事，听者也可以自由去意会，觉得好玩就好了。

在这些歌里，你觉得最有故事的，是哪一个？有可以分享的吗？

很多歌都有些故事，日记式的创作嘛。但还是希望留给听者自己去感受，不一定要理解正确，只要有点开心有点美的向往就好了。

眼下你最想做的事情是什么？

目前很满足于游田哼歌的状态。我是一个对自然事物和美的生活很有好奇心和体验欲望的人，喜欢玩的事很多，计划做的事业不多。有朋友问我要不要做些事，我觉得自己是配合环境需要，大家需要我，我也觉得有意思，就来做。应该是自己懒的原因吧，条件有限，就做自己喜欢的事，条件好了就做更多自己喜欢的事，哈哈，听起来很自私啊！

附录：书中照片摄影者

3p	叶景福	99p上、下	叶景福
4p	叶景福	100p	石头弟
5p	芑农	188p	石头弟
6p、7p	曾丹	189p	曾丹
8p上	芑农	190p	曾丹
8p下	叶景福	191p	原野兄弟
9p上	叶景福	192p上	曾丹
9p下	叶景福	192p下	石头弟
10p	曾丹	192p	横冲之状
96p	横冲之状	194p上	叶景福
98p	石头弟	194p下	芑农